Die 007-James-Bond-Romane

Countdown für die Ewigkeit
Du lebst nur zweimal
Der goldene Colt
Goldfinger
Der Hauch des Todes
Im Angesicht des Todes
Im Dienst Ihrer Majestät
James Bond jagt Dr. No
Liebesgrüße aus Athen
Liebesgrüße aus Moskau
Mondblitz
Octopussy und andere riskante Geschäfte (Kurzgeschichten)
Sag niemals nie
Der Spion, der mich liebte

Ian Fleming

007 JAMES BOND

DER HAUCH DES TODES

Scherz
Bern – München – Wien

Einzig berechtigte Übertragung aus dem Englischen von
Willy Thaler, Friedrich Polakovics und Norbert Wölfl.
Diese Taschenbuchausgabe ist eine Auswahl aus den früher
bei Scherz erschienenen 007-James-Bond-Werken: »Im Angesicht
des Todes « / »Tod im Rückspiegel« und »Octopussy und andere
riskante Geschäfte« / »Riskante Geschäfte«
Schutzumschlag von Gerhard Noltkämper
Foto von UIP, Frankfurt
1. Auflage 1987, ISBN 3-502-51126-8

Titel der englischen Originalausgabe und die Copyrights: »The Living
Daylights«, © 1962 by Ian Fleming; »From a View to Kill«,
© 1960 Glidrose Productions Ltd.; »The Property of a Lady«,
© 1963 Glidrose Productions Ltd.; »Octopussy«, © 1965, 1966
by Literary Executors of Ian Fleming deceased.
Gesamtdeutsche Rechte beim Scherz Verlag Bern und München
Gesamtherstellung: Ebner Ulm

Der Hauch des Todes

James Bond lag am fünfhundert Meter von der Zielscheibe entfernten Schießstand des berühmten Century-Schießplatzes in Bisley. Der weiße Pflock neben ihm im Gras zeigte eine 44, und dieselbe Zahl wiederholte sich hoch oben auf dem fernen Erdwall über der Zielscheibe. Sie maß zwei Quadratmeter, aber in der Dämmerung des Spätsommerabends erschien sie für das bloße Auge nicht größer als eine Briefmarke. Bonds Zielfernrohr jedoch, ein Infrarotgerät, das an seinem Gewehr angebracht war, hatte die ganze Leinwand im Schußfeld. Er konnte sogar deutlich die zartblauen und sandfarbenen Felder unterscheiden, in die die Zielscheibe eingeteilt war, und der halbkreisförmige Zielpunkt von fünfzehn Zentimeter Durchmesser wirkte so groß wie der Halbmond, der allmählich über dem fernen Kamm der Chobham-Hügel sichtbar wurde.

James Bonds letzter Schuß saß links unten — nicht gut genug. Bond blickte noch einmal auf die gelb-blauen Windfahnen. Der Ostwind war bedeutend stärker geworden in der halben Stunde, seit er mit den Schießübungen begonnen hatte. Er korrigierte den Windschieber und richtete das Fadenkreuz des Nachtzielgerätes wieder auf den Zielpunkt. Dann entspannte er sich, nahm Druckpunkt, atmete ganz flach und drückte sehr, sehr leicht ab.

Das heftige Krachen des Schusses dröhnte über den leeren Platz. Die Zielscheibe verschwand im Erdboden, und an ihrer Stelle kam sofort der Schußanzeiger hoch. Ja, die schwarze Scheibe war diesmal in der unteren rechten Ecke, nicht in der unteren linken: er hatte ins Schwarze getroffen.

»Gut«, ertönte die Stimme des aufsichthabenden Offiziers hinter ihm. »Nur weiter so.«

Die Zielscheibe schoß hoch, und Bond legte die Wange wieder an die warme Höhlung des Holzschaftes und sein Auge an die Gummimanschette am Okular des Nachtzielgerätes. Er wischte die linke Hand an seiner Hose ab und legte sie um den Gewehrgriff, unterhalb des Abzugsbügels. Dann spreizte er die

Beine ein wenig mehr. Jetzt sollten fünf Feuerstöße folgen. Bond war gespannt, ob die Streuung groß sein würde. Er glaubte es zwar nicht. Dieses Gewehr, das der Waffenmeister irgendwoher aufgetrieben hatte, war außergewöhnlich. Hielt man es in der Hand, so hatte man das Gefühl, ein stehender Mann in anderthalb Kilometer Entfernung sei mit Leichtigkeit zu treffen. Es war eine internationale Matchwaffe, Kaliber 308, vornehmlich für Probeschießen, von Winchester konstruiert und für amerikanische Schützen bei Weltmeisterschaftskämpfen bestimmt. Sie besaß die üblichen Vorrichtungen der Höchstpräzisionswaffen: einen gebogenen Aluminiumbügel hinten am Kolben, der unter die Achselhöhle reichte und den Schaft fest an der Schulter hielt, und einen verstellbaren Schwergewichtspunkt. Der Waffenmeister hatte den gewöhnlichen Einzelfeuermechanismus durch ein Fünf-Schuß-Magazin ersetzen lassen. Er hatte Bond versichert, daß selbst bei fünfhundert Meter Entfernung keine Streuung vorkomme, vorausgesetzt, daß man zwischen den Schüssen eine Pause von nur zwei Sekunden einlegte, um die Waffe sich beruhigen zu lassen. Bond glaubte, daß bei der Aufgabe, die er zu erledigen hatte, zwei Sekunden unter Umständen einen gefährlichen Zeitverlust bedeuteten, wenn er mit seinem ersten Schuß nicht traf. Übrigens hatte M gesagt, daß das Ziel nicht weiter als dreihundert Meter entfernt sei. Bond beschloß, nur eine Sekunde zu warten — das hieß fast Dauerfeuer.

»Bereit?«

»Ja.«

»Ich zähle von fünf abwärts. Jetzt! Fünf, vier, drei, zwei, eins. Feuer!«

Der Erdboden erbebte leise, und die Luft sang, als die fünf Kupfernickelprojektile in die Dämmerung hinaussausten. Die Zielscheibe senkte sich und kam rasch wieder hoch — vier kleine weiße Scheiben steckten dicht nebeneinander auf dem Ziel. Eine fünfte Scheibe war nicht zu sehen — nicht einmal eine schwarze, um einen Links- oder Rechtsschuß anzuzeigen.

»Der letzte Schuß war tief«, sagte der aufsichthabende Offizier und senkte sein Nachtglas. »Vielen Dank für die Spende. Wir sieben den Sand auf den Wällen immer am Jahresende durch. Dabei erzielen wir nie weniger als fünfzehn Tonnen guten Blei- und Kupferschrott. Das bringt allerhand Geld.«

Bond hatte sich inzwischen erhoben. Corporal Menzies von der Waffenkammer kam aus dem Pavillon des Schützenklubs und kniete auf den Boden, um die Winchesterbüchse zu zerlegen. Er blickte zu Bond auf und sagte leicht vorwurfsvoll: »Sie haben etwas zu schnell abgezogen, Sir. Der letzte Schuß mußte ja vom Ziel abkommen.«

»Das weiß ich. Ich wollte sehen, wie rasch ich schießen kann. An der Waffe gibt's nichts auszusetzen. Eine verflixt gute Arbeit. Bitte, richten Sie das dem Waffenmeister von mir aus. Ich breche jetzt am besten gleich auf. Sie finden Ihren Weg nach London ja wohl allein, nicht wahr?«

»Ja. Gute Nacht, Sir.«

Der aufsichthabende Offizier gab Bond eine Bescheinigung seiner Schießresultate — zwei Anschüsse und dann zehn Schüsse bei je hundert Meter bis zu fünfhundert Metern. »Sie haben verdammt gut geschossen, wenn man die Sicht bedenkt. Eigentlich sollten Sie nächstes Jahr wiederkommen und versuchen, den Preis der Königin zu kriegen. Bei diesem Preisschießen kann heutzutage jeder mitmachen — solange er aus einem Land stammt, das zum Commonwealth gehört.«

»Vielen Dank. Der Haken dabei ist nur: ich bin nicht eben häufig in England. Und besten Dank auch für die Schießaufsicht.« Bond blickte auf den fernen Uhrturm. Zu beiden Seiten wurden die rote Flagge und der Signalkorb eingeholt zum Zeichen, daß nicht mehr geschossen würde. Die Zeiger standen auf neun Uhr fünfzehn. »Ich hätte Sie gern zu einem Drink eingeladen, aber ich habe eine Verabredung in London. Können wir's aufschieben bis zum Schießen um den Preis der Königin?«

Der Offizier nickte enttäuscht. Er hätte diesen Mann zu gern ein wenig ausgehorcht, der da nach einer hastigen Ankündigung des Verteidigungsministeriums wie ein Blitz aus heiterem Himmel erschienen war und weit über neunzig Prozent der möglichen Punktzahl bei allen Entfernungen erreicht hatte — und das, nachdem der Schießstand schon für die Nacht geschlossen und die Sicht mangelhaft bis schlecht war. Und warum war er, der nur bei den jährlichen Juli-Treffen seines Amtes waltete, herbeizitiert worden? Und warum sollte er dafür sorgen, daß Bond bei fünfhundert Meter Entfernung einen Zielpunkt hatte, der nur fünfzehn Zentimeter groß war, statt der üblichen siebenunddreißigeinhalb? Und warum dieser Humbug mit der roten Flagge und dem Signalkorb, die nur bei feierlichen Anlässen gebraucht wurden? Um einen Druck auf den Mann auszuüben? Um anzudeuten, daß seine Übungen besonders wichtig waren? Bond. Commander James Bond. Im Archiv des Scharfschützenkorps würden sicherlich Angaben über einen Mann zu finden sein, der so gut schießen konnte. Er mußte unbedingt einmal dort vorbeigehen. Merkwürdige Zeit für eine Verabredung in London. Wahrscheinlich ein Mädchen. Ein Ausdruck der Verstimmung überflog das nicht eben markante Gesicht des aufsichthabenden Offiziers. Der Kerl sah ganz danach aus, als könnte er alle Frauen bekommen, die er haben wollte.

Die beiden Männer wanderten hinter dem Schießstand durch die Klubstraße mit ihren hübschen Fassaden zu Bonds Auto. »Toller Wagen«, bemerkte der Offizier. »Habe noch nie eine solche Karosserie auf einem kontinentalen Wagen gesehen. Spezialanfertigung?«

»Ja. Der Mark IV ist eigentlich doch nur ein Zweisitzer und hat verteufelt wenig Gepäckraum. Also habe ich Mulliner dazu bewogen, ihn in einen richtigen Zweisitzer mit viel Kofferraum umzubauen. Spricht für meinen Egoismus, der Wagen, fürchte ich. Also, gute Nacht. Und nochmals vielen Dank.«

Die beiden Auspuffrohre donnerten auf, und der Kies unter den Hinterrädern spritzte weg.

Der aufsichthabende Offizier blickte den rubinroten Lichtern nach, bis sie in Richtung London verschwanden. Dann machte er kehrt und ging auf die Suche nach Corporal Menzies, um ihn auszuhorchen — ein Bemühen, das sich als fruchtlos erwies. Der Corporal, der eben eine große Mahagonikiste in einen khakifarbenen Land-Rover ohne militärische Kennzeichen lud, blieb zugeknöpft. Der Land-Rover brauste davon in derselben Richtung, die Bond eingeschlagen hatte, und der Major wanderte verärgert zu den Büros des Schützenkorps, um in der Bibliothek unter »Bond, J.« nachzuschlagen und seinen Wissensdurst zu stillen.

James Bond war nicht mit einem Mädchen verabredet. Er hatte ein Rendezvous ganz anderer Art. Doch zunächst mußte er eine BEA-Maschine erreichen, die ihn nach Berlin bringen sollte. Er ließ den großen Wagen auf Hochtouren laufen, um vor dem Abflug Zeit für zwei, drei Drinks zu haben. Während er die Kilometer zum Londoner Flughafen hinter sich brachte, konzentrierte er sich nur halb auf die Straße. Seine Gedanken waren mit den Ereignissen beschäftigt, die zu dem bevorstehenden Flug geführt hatten. James Bond sollte an einem der drei nächsten Abende ein Rendezvous in Berlin haben, und zwar mit einem Mann. Und diesen Mann mußte er unfehlbar erschießen.

Als James Bond an diesem Nachmittag gegen zwei Uhr dreißig durch die gepolsterten Doppeltüren gegangen war und gegenüber der abgewandten Gestalt an dem großen Schreibtisch Platz genommen hatte, witterte er bereits Unheil. Es fand keine Begrüßung statt. M hatte ihn an Churchill erinnert, als er so dasaß, unter der Last düsterer Gedanken gleichsam in seinen steifen Hemdkragen versinkend, einen bitteren Zug um die Mundwinkel. Er drehte seinen Stuhl herum, um Bond voll anzusehen, musterte ihn abschätzend, als wolle er prüfen, ob Bonds Schlips gerade saß und sein Haar richtig gebürstet war, und begann dann zu sprechen. Er redete sehr rasch und abgehackt; offenbar wollte er sich von dem, was er zu sagen hatte, und zugleich von Bond so schnell wie möglich befreien.

»Nummer 272. Ein tüchtiger Mann. Sie sind ihm noch nicht begegnet. Aus dem einfachen Grund, weil er seit dem Krieg in Nowaja Semlja hängengeblieben ist. Nun versucht er, herauszukommen — beladen mit Material. Atomkram und Raketen. Und ihrem Plan für eine ganz neue Versuchsreihe. Für 1961. Um den Westen einzuschüchtern. Hat irgendwas mit Berlin zu tun. Bin nicht ganz im Bild, aber das Außenministerium behauptet, wenn es stimme, sei es ungeheuerlich. Der reinste Hohn auf die Genfer Konferenz und all dieses Geschwätz von Atomabrüstung, das der Ostblock von sich gibt. Der Mann ist bis Ostberlin durchgekommen. Aber praktisch der ganze kommunistische Geheimdienst ist ihm auf den Fersen — und der ostdeutsche Sicherheitsdienst natürlich auch. Er hält sich irgendwo in der Stadt versteckt und hat uns benachrichtigt, daß er an einem der nächsten drei Abende zwischen sechs und sieben Uhr über die Grenze kommen will — also morgen, übermorgen oder den Tag darauf. Er hat auch den Ort angegeben. Der Haken bei der Sache ist« — der bittere Zug um M's Mundwinkel verschärfte sich —, »daß der Bote, den er mit der Nachricht herüberschickte, Doppelagent ist. Station W. B. hat ihm gestern das Handwerk gelegt. Rein zufällig. Hatten Glück mit einer KGB-Chiffre. Der Agent wird natürlich zur Aburteilung herausgeflogen. Aber das nützt uns nicht viel. Der KGB weiß, daß 272 die Flucht riskieren will. Sie kennen die Zeit. Sie kennen den Ort. Sie wissen genauso viel wie wir und nicht mehr. Die Chiffre, die wir entschlüsselt haben, galt zwar nur für einen Tag. Aber über die Vorgänge dieses einen Tages sind wir orientiert, und das genügt uns. Sie beabsichtigen, ihn auf der Flucht zu erschießen. An der Stelle, die er in seiner Botschaft erwähnte. Es handelt sich um eine Straßenkreuzung am Sektorenübergang. Sie machen ein ziemliches Tamtam damit — Unternehmen ›Ekstase‹ nennen sie es. Sie haben ihren besten Scharfschützen mit der Aufgabe betraut, 272 umzulegen, und er bewacht die Stelle jeden Abend. Wir wissen von ihm nichts weiter, als daß sein Kode-Name das russische Wort für ›Abzug‹ ist. Station W. B. nimmt an, daß es derselbe Mann ist, den sie schon vorher für solche Einsätze verwendet haben. Schießen auf weite Entfernung über die Grenze hinweg. Selbstverständlich wäre ihnen ein Maschinengewehr oder ähnliches lieber. Das funktioniert sicherer. Aber augenblicklich ist es ruhig in Berlin, und offenbar soll es so bleiben. Jedenfalls« — M zuckte die Achseln —, »haben sie Vertrauen zu diesem ›Abzug‹-Helden, und die Sache soll auf diese Art erledigt werden.«

»Und was für eine Rolle spiele ich dabei, Sir?« James Bond hatte die Antwort im stillen bereits erraten, hatte erraten, warum M seinen Abscheu vor der ganzen Geschichte so deutlich zeigte. Schmutzige Arbeit stand bevor, und Bond war dazu ausersehen, da er nun einmal zur Doppel-o-Abteilung gehörte. In einer rebellischen Anwandlung wollte Bond M zwingen, es ihm sozusagen schwarz auf weiß zu geben. Hier handelte es sich um eine schlechte, eine schmutzige Nachricht, und er wollte sie nicht von einem der Abteilungsoffiziere hören, nicht einmal vom Stabschef selbst. Hier wurde ein Mord verlangt. Na schön. Dann sollte M es nur ruhig aussprechen.

»Was für eine Rolle Sie dabei spielen, 007?« M blickte kalt über den Schreibtisch hinweg. »Das wissen Sie ganz genau. Sie haben diesen Schützen zu töten. Und Sie müssen ihn töten, bevor er 272 niederknallt. Weiter nichts. Verstanden?« Die klaren blauen Augen blieben eiskalt — aber nur, indem M seine ganze Willenskraft aufbot. Er schickte nicht gern jemanden zum Töten fort. Aber wenn es unbedingt sein mußte, schlug er immer diesen heftigen, schneidenden Kommandoton an. Bond kannte den Grund. Er tat es, um das Schuldgefühl zu mildern, das auf dem Betroffenen lastete.

Da Bond das wußte, beschloß er, M rasch aus dieser Situation zu befreien. Er stand auf. »In Ordnung, Sir. Ich nehme an, der Stabschef wird mir alle näheren Anweisungen geben. Ich werde jetzt am besten ein paar Schießübungen machen. Einen Fehlschuß kann ich mir nicht leisten . . .« Er ging zur Tür.

M sagte ruhig: »Es tut mir leid, Ihnen das aufhalsen zu müssen. Eine häßliche Arbeit. Aber sie muß gut erledigt werden.«

»Ich werde mir Mühe geben, Sir.« Damit verließ James Bond das Zimmer. Ihm behagte diese Aufgabe nicht. Aber immer

noch besser, sie auszuführen, als die Verantwortung auf sich
zu laden, jemand anders dazu abzukommandieren.

Der Stabschef hatte nur eine Spur mehr Mitgefühl gezeigt.
»Tut mir leid, daß man Ihnen das zugeschustert hat, James«,
hatte er gesagt. »Aber Tanqueray erklärte ganz entschieden,
daß er auf seiner Station niemanden habe, der gut genug dafür sei, und einem regulären Soldaten kann man die Aufgabe
nicht zumuten. Es gibt zwar viele ausgezeichnete Schützen in
der Besatzungsarmee, eine lebende Zielscheibe verlangt jedoch
andere Nerven. Jedenfalls habe ich mich mit Bisley in Verbin-
dung gesetzt und ein Übungsschießen für Sie vereinbart:
heute abend um acht Uhr fünfzehn, wenn die Schießstände
geschlossen sind. Die Sicht dürfte dieselbe sein, wie Sie sie
etwa eine Stunde früher in Berlin erwarten können. Der Waffenmeister hat das richtige Gewehr bereit — eine hochquali-
fizierte Matchwaffe — und schickt es mit einem seiner Leute
hin. Sie fahren mit Ihrem eigenen Wagen nach Bisley. Um
Mitternacht werden Sie dann mit einem gecharterten Flugzeug
der BEA nach Berlin fliegen. Dort nehmen Sie ein Taxi zu dieser Adresse.« Er gab Bond ein Stück Papier. »Im vierten Stock
des Hauses erwartet Sie Tanquerays Nummer 2. Dann wird
Ihnen leider nichts anderes übrigbleiben, als die nächsten drei
Tage in der Wohnung abzusitzen.«

»Und das Gewehr? Soll ich es etwa in meiner Golftasche durch
die deutsche Zollkontrolle schleppen?«

Der Stabschef war nicht zu Späßen aufgelegt gewesen. »Es
wird mit der Kurierpost befördert; und morgen gegen Mittag
haben Sie es in Händen.« Mit diesen Worten hatte er nach
einem Meldeblock gegriffen. »Sie machen sich jetzt am besten
auf die Socken. Ich will Tanqueray gleich Bescheid geben, daß
alles arrangiert ist.

James Bond sah auf das schwachbeleuchtete blaue Zifferblatt
der Uhr am Armaturenbrett. Zehn Uhr fünfzehn. Wenn er
Glück hatte, würde morgen um diese Zeit alles bereits erledigt
sein. Schließlich gab es nur eine Wahl: entweder starb dieser

12

»Abzug«-Mann oder Nummer 272. Genaugenommen war es kein Mord. Aber beinahe. Heftig preßte er den Daumen auf seine Dreiklanghupe, um eine harmlose Limousine zu überholen. Er sauste so stürmisch in den Kreisverkehr, daß er ins Schleudern geriet, und riß das Steuer scharf herum. Dann fuhr er auf den fernen Lichterschein zu, den der Flughafen von London ausstrahlte.

Das häßliche sechsstöckige Gebäude an der Ecke Koch- und Wilhelmstraße war das einzige Haus in der Wüstenei eines leeren, zerbombten Geländes. Hüfthohes Unkraut und halbweggeräumte Schuttberge erstreckten sich bis zu einer großen, verlassenen Straßenkreuzung, die in der Mitte von einer Gruppe gelblicher Bogenlampen beleuchtet wurde. Bond bezahlte den Taxifahrer und ging auf die Tür zu. Er drückte den Klingelknopf der vierten Etage und hörte gleich darauf das Klicken des Türöffners. Über den kahlen Zementboden schritt er zu dem altmodischen Aufzug. Der Geruch nach Kohl, billigen Zigarren und schalem Schweiß erinnerte ihn an andere Mietshäuser in Deutschland und Mitteleuropa. Wieder einmal hatte ihn M wie ein Geschoß auf ein fernes Ziel abgefeuert, wo ein unangenehmes Problem zu lösen war. Selbst das Ächzen und schwache Quietschen des langsamen Aufzuges gehörte mit zu den Unannehmlichkeiten. Diesmal war das Empfangskomitee wenigstens auf seiner Seite. Diesmal brauchte er am oberen Ende der Treppen nichts zu befürchten.

Nummer 2 der Geheimdienststation W. B. war ein hagerer, nervöser Mann Anfang der Vierzig. Er trug die Uniform seiner Berufsklasse — einen gutgeschnittenen, etwas abgenützten, leichten Tweedanzug mit dunkelgrünem Fischgrätenmuster, ein weiches weißes Seidenhemd und den alten Schulschlips von Winchester. Als Bond diesen Schlips sah und mit Nummer 2 in dem moderigen Vestibül der Wohnung die üblichen Begrüßungsworte austauschte, sank seine an sich schon gedrückte Stimmung um einen weiteren Grad. Er kannte diesen Typ: Rückgrat des Beamtentums; in Winchester zuviel Paukerei und zuwenig Frauen; Zweitbester bei den Prüfungen in Oxford; der Krieg, verschiedene Stabsposten, die er bestimmt mit peinlicher Genauigkeit ausgefüllt hatte; einen *Order of the British Empire*; Alliierter Kontrollrat in Deutschland, wo er in die Nachrichtenabteilung geraten war und von dort in den Geheimdienst — weil er der ideale Stabsoffizier war, sich gut mit den Sicherheitsbehörden verstand und glaubte, er werde Abenteuer, Spannung und Romantik finden: Dinge, die er nie erlebt hatte. Man hatte einen nüchternen, vorsichtigen Mann benötigt, der Bond bei seinem schmutzigen Auftrag betreuen sollte. Captain Paul Sender, ehemaliger Offizier bei der Waliser Garde, war offensichtlich der gegebene dafür gewesen. Als guter Winchester-Schüler verbarg er jetzt seinen Abscheu vor dieser Aufgabe hinter nichtssagenden, abgedroschenen Phrasen, während er Bond die Wohnung zeigte sowie die Vorbereitungen, die für die Arbeit des Henkers und in bescheidenem Maße für seine Bequemlichkeit getroffen worden waren.

Die Wohnung bestand aus einem großen Doppelschlafzimmer, einem Badezimmer und einer Küche, in der sich Konserven, Milch, Butter, Eier, Brot und eine Flasche Whisky befanden. Im Schlafzimmer war eines der beiden Doppelbetten an die Vorhänge geschoben worden, die das einzelne breite Fenster bedeckten, und unter dem Bettzeug hatte man drei Matratzen übereinandergetürmt. Das war das einzig Ungewöhnliche in der ganzen Wohnung.

»Möchten Sie vielleicht einen Blick auf das Schußfeld werfen?« erkundigte sich Captain Sender. »Dann kann ich Ihnen erklären, was die andere Seite vorhat.«

Bond war müde. Er hatte wenig Neigung, mit dem Bild des Schlachtfeldes vor Augen einzuschlafen. »Das wäre sehr gut«, erwiderte er dennoch.

Captain Sender drehte die Beleuchtung aus. Schmale Lichtstreifen von den Bogenlampen an der Straßenkreuzung rahmten die Vorhänge ein. »Ich möchte die Gardinen nicht aufziehen«, sagte Captain Sender. »Es ist zwar unwahrscheinlich, aber doch möglich, daß sie nach jemand Ausschau halten, der 272

Deckung geben soll. Wenn Sie sich aufs Bett legen, mit dem Kopf unter den Vorhängen, erkläre ich Ihnen das Gelände. Sehen Sie bitte nach rechts.«

Es war ein Schiebefenster, und die untere Hälfte war offen. Die Matratzen gaben, wie beabsichtigt, nur wenig nach, und James Bond fand sich mehr oder weniger im gleichen Anschlag wie auf dem Century-Schießstand. Aber jetzt hatte er unebenes, dicht mit Unkraut bewachsenes Ruinengelände vor sich, bis hin zur strahlend hellen Zimmerstraße — der Grenze von Ostberlin. Sie mußte etwa hundertfünfzig Meter entfernt sein. Captain Senders Stimme ertönte jetzt hinter dem Vorhang. Sie klang dumpf, und Bond kam sich vor wie in einer spiritistischen Sitzung.

»Vor Ihnen liegt ausgebombtes Gelände. Bietet gute Deckung. Bis zur Grenze sind es hundertunddreißig Meter. Die Straße bildet die Grenze. Danach kommt ein weiteres großes Trümmerfeld auf der Ostberliner Seite. Das ist der Grund, warum 272 diesen Weg wählte. Es ist eine der wenigen Stellen in der Stadt, wo hüben wie drüben noch alles zerstört ist — dichtes Unkraut, Ruinenmauern, Keller. Er wird sich durch das Ödland im Ostsektor schleichen und dann über die Zimmerstraße rennen, um die Wüstenei auf unserer Seite zu erreichen. Das hat nur einen Haken: er muß eine hellerleuchtete Grenzzone von dreißig Metern überqueren. Und da soll er abgeknallt werden. Ist das klar?«

»Ja«, erwiderte Bond. Er sagte es leise. Er witterte bereits den Gegner, den unvermeidlichen Kampf, und seine Nerven vibrierten.

»Der neue, große, zehnstöckige Gebäudeblock zu Ihrer Linken ist das Haus der Ministerien, das Hirnzentrum von Ostberlin. Sie sehen in den meisten Fenstern noch Licht. Fast überall bleibt es die ganze Nacht hell. Die Burschen arbeiten schwer — schichtweise vierundzwanzig Stunden hindurch. Sie brauchen sich wahrscheinlich nicht um die erleuchteten Fenster zu kümmern. Der ›Abzug‹-Mann wird mit ziemlicher Sicherheit aus einem der dunklen Fenster schießen. An der Ecke über der

15

Kreuzung sehen Sie eine Front von vier dunklen Fenstern. Sie sind gestern und heute unbeleuchtet geblieben. Diese Fenster geben den besten Schießstand ab. Von hier aus variiert die Schußweite zwischen dreihundert und dreihundertundzehn Metern. Ich habe alle Zahlen und so weiter, wenn Sie sie anschauen wollen. Im übrigen brauchen Sie sich nicht viel Gedanken zu machen. Die Straße bleibt abends leer. Nur die motorisierte Patrouille erscheint jede halbe Stunde — ein leichter Panzerspähwagen, von ein paar Motorrädern begleitet. Gestern abend zwischen sechs und sieben — in der Zeit also, in der die Sache steigen soll und wahrscheinlich in Zusammenhang damit — gingen ein paar Leute durch die Seitentür ein und aus. Beamtentypen. Vorher nichts Ungewöhnliches — der übliche Strom von Menschen, die ein Regierungsgebäude betreten und verlassen —, mit Ausnahme eines ganzen Damenorchesters! Die veranstalteten einen Höllenspektakel in irgendeinem Konzertsaal da drin. In einem Flügel befindet sich das Kulturministerium. Sonst nichts — bestimmt niemand von den KGB-Leuten, die wir kennen, und keinerlei Anzeichen von Vorbereitungen. Aber das war auch nicht zu erwarten. Vorsichtige Leute, die da drüben. Schauen Sie sich nur genau um. Und vergessen Sie nicht, daß es jetzt dunkler ist als morgen gegen sechs Uhr — einen allgemeinen Eindruck können Sie trotzdem bekommen.«

Diesen Gesamtüberblick hatte Bond gewonnen, und der haftete noch, als der andere längst in tiefem Schlaf lag und leise mit einem sanften, regelmäßig wiederkehrenden Schnalzlaut schnarchte — ein typisches Winchester-Schnarchen, dachte Bond gereizt.

Ja, er sah das Bild deutlich vor sich — eine schattenhafte Gestalt, die zwischen den düsteren Ruinen jenseits des hellen Lichtgürtels hin und her huschte, innehielt, dann in wildem Zickzackkurs unter dem grellen Schein der Bogenlampen weiterrannte, donnernde Salven und danach — entweder Tod oder Rettung. Entweder würde eine zusammengesunkene Gestalt mitten auf der breiten Straße liegen, oder der Flüchtling hastete weiter durch die unkrautbewachsenen Trümmer des Westsektors. Ein wahres Spießrutenlaufen! Wieviel Zeit würde er, Bond, haben, um den russischen Scharfschützen in einem jener dunklen Fenster zu entdecken? Und um ihn zu töten? Fünf Sekunden? Zehn? Als das bleigraue Licht der Dämmerung die Vorhänge umrandete, kapitulierte Bond vor seinen quälenden Gedanken. Sie hatten gesiegt. Er schlich ins Badezimmer und prüfte die Reihen der Medizinflaschen, die der Geheimdienst fürsorglich bereitgestellt hatte, um seinen Henker in guter Verfassung zu halten. Er wählte Tuinal, spülte zwei der rot-blauen Kapseln mit einem Glas Wasser hinunter und ging wieder zu Bett. Dann sank er in einen totenähnlichen Schlaf.

Gegen Mittag erwachte er. Die Wohnung war leer. Er zog die Gardinen auf, um den grauen Tag hereinzulassen, trat vom Fenster zurück und betrachtete das trostlose Berlin. Er lauschte auf die Straßenbahngeräusche und das ferne Kreischen der S-Bahn, als sie um die große Kurve in Richtung Bahnhof Zoologischer Garten fuhr. Widerwillig warf er einen raschen Blick auf das Gelände, das er am Vorabend inspiziert hatte, stellte fest, daß die Unkrautsorten in den Bombentrümmern so ziemlich die gleichen waren wie in London — Roter Heinrich, Kletten, Adlerfarn —, und ging dann in die Küche. Beim Brot lag ein Zettel: »Mein Freund (ein Geheimdienst-Euphemismus, mit dem in diesem Zusammenhang Senders Vorgesetzter gemeint war) läßt Ihnen sagen, daß Sie ruhig ausgehen können. Sie möchten aber um siebzehn Uhr zurück sein. Ihr Werkzeug (eine Umschreibung für Bonds Gewehr) ist angekommen, und der Bursche wird es heute nachmittag bringen. P. Sender.«

Bond zündete den Gaskocher an, verbrannte den Zettel mit einem Hohnlächeln über seinen Beruf und machte sich dann eine riesige Portion Rührei mit Speck, die er auf mit Butter bestrichenen Toast häufte. Dazu trank er schwarzen Kaffee, dem er einen ordentlichen Schuß Whisky hinzugefügt hatte. Dann nahm er ein Bad, rasierte sich und zog einen graubraunen, unauffälligen Anzug an, den er für diesen Zweck mitge-

17

bracht hatte. Er musterte flüchtig das unordentliche Bett, sagte sich: Ach was, zum Teufel damit!, stieg in den Lift und verließ das Haus.

James Bond hatte Berlin immer für eine finstere, unfreundliche Stadt gehalten, die in ihrem Westsektor mit einem brüchigen, glitzernden Firnis überzogen war, ähnlich den verchromten Verzierungen an amerikanischen Autos. Er ging zum Kurfürstendamm, setzte sich ins Café Marquardt und bestellte einen großen Espresso. Mißmutig betrachtete er die Fußgängerschlangen, die auf Grünlicht warteten, während der Strom glänzender Wagen über die lebensgefährliche Kreuzung brauste. Es war kalt draußen, und der schneidende Ostwind zerrte an den Röcken der Mädchen und den Regenmänteln der Männer, die ungeduldig dahineilten, die unvermeidliche Aktentasche unter den Arm geklemmt. Die Infrarotstrahler verbreiteten wohlige Wärme und überzogen die Gesichter der Besucher mit rosigem Schimmer. Die Stammgäste konsumierten ihre übliche Tasse Kaffee, lasen dazu Zeitungen und Zeitschriften oder beugten sich mit ernster Miene über Geschäftspapiere. Bond verscheuchte jeden Gedanken an den Abend und überlegte sich, wie er den Nachmittag am besten hinbringen könnte. In die engere Wahl kamen schließlich ein Besuch des ehrbar aussehenden Sandsteinhauses in der Clausewitzstraße, das allen Portiers und Taxichauffeuren bekannt war, oder ein Ausflug zum Wannsee und ein ausgedehnter Fußmarsch zurück durch den Grunewald. Die Tugend siegte. Bond bezahlte seinen Espresso, trat hinaus in die Kälte und nahm ein Taxi zum Bahnhof Zoo. Die schönen jungen Bäume rings um den langgestreckten See wirkten schon leicht herbstlich — hin und wieder sah man goldene Töne in dem Grün. Bond wanderte zwei Stunden über die laubbedeckten Wege, suchte sich dann ein Restaurant mit einer Glasveranda über dem See aus und verzehrte mit großem Genuß eine Mahlzeit, die aus einer doppelten Portion Matjesheringe in Sahne mit vielen Zwiebelringen und zwei Mollen mit Korn bestand. Dann fuhr er gestärkt mit der S-Bahn in die Stadt zurück.

Draußen vor dem Mietshaus stand ein unauffälliger junger Mann, der sich an dem Motor eines schwarzen Opel Kapitän zu schaffen machte. Sein Kopf blieb hinter der Haube versteckt, als Bond dicht an ihm vorbei zur Tür ging.

Captain Sender beruhigte ihn wegen des Mannes. Es war ein »Freund« — ein Unteroffizier von der Transportabteilung der Station W. B. —, der am Motor des Opels herummanipuliert hatte. Jeden Abend zwischen sechs und sieben würde er eine Reihe von Fehlzündungen produzieren, sobald ihn Sender über ein Funksprechgerät dazu aufforderte. Diese sollten dann Bonds Schüsse übertönen. Sonst würde die Nachbarschaft womöglich die Polizei alarmieren, und das hätte wiederum eine Menge umständlicher Erklärungen zur Folge. Ihr Versteck lag im amerikanischen Sektor, und obwohl ihre amerikanischen »Freunde« ihre Zustimmung zu diesem Unternehmen gegeben hatten, so bestanden sie natürlich darauf, daß sich alles reibungslos und ohne unangenehme Konsequenzen abwickelte.

Bond zeigte sich von dem Autotrick gebührend beeindruckt und ebenso von den kunstgerechten Vorbereitungen, die man im Schlafzimmer für ihn getroffen hatte. An der breiten Fensterbank hinter dem Kopfende seines hohen Bettes war ein Gestell aus Holz und Metall errichtet worden, das ihm eine tadellose Auflage gab. Darauf befand sich die Winchesterbüchse, die mit der Mündung ihres Laufes den Vorhang eben berührte. Das Holz und sämtliche Metallteile des Gewehres und des Nachtzielgerätes waren mit schwarzer Farbe mattiert. Auf dem Bett war ein hüftlanges schwarzes Samthemd mit einer Kapuze aus demselben Material ausgebreitet. Die Kapuze hatte breite Schlitze für Augen und Mund. Der Aufzug erinnerte Bond an Bilder von der spanischen Inquisition oder an die Scharfrichter, die während der Französischen Revolution die Guillotine bedient hatten. Eine ähnliche Kapuze lag auf Senders Bett, und auf seinem Teil der Fensterbank standen ein Nachtglas und das Mikrophon für das Funksprechgerät.

Captain Sender wirkte bedrückt und nervös. Er habe auf der

Station nichts Neues erfahren. Soweit ihnen bekannt, sei keine Änderung eingetreten. Wollte Bond etwas essen? Oder eine Tasse Tee? Vielleicht ein Beruhigungsmittel? Es seien mehrere Sorten im Badezimmer vorhanden.

Bond gab sich heiter und gelöst und lehnte dankend ab. Während er im Plauderton über seinen Ausflug berichtete, begannen sich seine Magennerven zusammenzuziehen. In seiner Schlagader pochte es leise und regelmäßig. Die innere Anspannung wuchs wie bei einem alarmbereiten Mechanismus. Schließlich war sein Vorrat an Gesprächsthemen erschöpft, und er legte sich auf sein Bett, einen deutschen Krimi in der Hand, den er unterwegs gekauft hatte. Captain Sender wanderte unruhig in der Wohnung umher, sah zu häufig auf seine Uhr und rauchte eine Kent-Filterzigarette nach der anderen.

Es zeigte sich, daß James Bond mit seiner Lektüre eine glückliche Wahl getroffen hatte. Ein in die Augen stechender Schutzumschlag mit einem halbnackten, an ein Bett gefesseltes Mädchen hatte ihn zum Kauf des Buches verleitet. Es trug den Titel: *Verdorben, verdammt, verraten,* und diese Schicksalsschläge hatten das Mädchen derart gründlich heimgesucht, daß James Bond vorübergehend seine Umgebung vergaß. Gereizt schreckte er hoch, als er Captain Sender sagen hörte, daß es halb sechs sei und sie langsam ihre Stellungen beziehen müßten.

Bond nahm Rock und Schlips ab, steckte sich zwei Stück Kaugummi in den Mund und zog sich die Kapuze über den Kopf. Captain Sender knipste das Licht aus, und Bond warf sich der Länge nach aufs Bett. Er legte das Auge an die Gummimanschette des Nachtzielgerätes, hob vorsichtig den unteren Rand des Vorhangs und schob ihn über die Schultern zurück.

Es dämmerte, aber im übrigen bot der Schauplatz, der ein Jahr später als »Checkpoint Charlie« berühmt werden sollte, den gleichen Anblick wie in der Nacht zuvor — das Ruinengelände vor ihm, der helle Streifen der Grenzstraße, das Trümmerfeld drüben und zur Linken der häßliche viereckige Komplex des

Ministerialgebäudes mit seinen erleuchteten und dunklen Fenstern. Bonds Auge glitt langsam prüfend über das Gebäude, während er das Gewehr mit dem Nachtzielgerät mit Hilfe von Präzisionsschrauben auf der hölzernen Auflage einrichtete. Ja, es war genauso wie am Vorabend, nur daß jetzt einige Angestellte das Ministerium durch die Tür an der Wilhelmstraße betraten oder verließen. Bond beobachtete durchs Visier die vier auch heute dunklen Fenster, die Sender und er für den feindlichen Schützenstandort hielten. Die Vorhänge waren zur Seite gezogen und die unteren Schiebefenster geöffnet. Bond konnte nicht in das Innere des Raumes sehen, aber innerhalb der vier länglichen, dunklen, gähnenden Öffnungen war keine Bewegung zu entdecken.

Nun belebte sich die unten vorbeiführende Straße. Das Damenorchester marschierte über das Trottoir auf den Eingang zu — zwanzig lachende, schwatzende Mädchen, die Geigen und Blasinstrumente trugen, Notentaschen und vier von ihnen Trommeln — eine fröhliche Schar. Bond dachte im stillen gerade, daß es offenbar doch Leute gab, die das Leben im Sowjetsektor lustig fanden, als sein Blick plötzlich auf das Mädchen fiel, das das Cello trug. Bond hörte auf zu kauen und visierte das Mädchen an.

Die Cellistin war größer als die anderen, und ihr schulterlanges, glattes blondes Haar leuchtete unter den Bogenlampen an der Kreuzung golden auf. Sie trug das Cello, als wäre es nicht schwerer als eine Geige. Alles an ihr flog — ihr Mantel, ihre Füße, ihre Haare. Sie war bezaubernd, lebensprühend, heiter, während sie mit den beiden Mädchen plauderte, die neben ihr gingen und über ihre Bemerkungen lachten. Als sie inmitten der Schar in den Eingang bog, sah er im Schein der Bogenlampen für einen kurzen Augenblick ein schönes, blasses Profil. Dann war sie verschwunden, und sein Herz krampfte sich zusammen. Seltsam! Wirklich sehr seltsam! Seit seiner Jugendzeit hatte keine Frau mehr das jähe Verlangen in ihm erweckt, die erregende sinnliche Anziehungskraft auf ihn ausgeübt wie dieses Mädchen, das er nur undeutlich aus der Ferne gesehen hatte. Mürrisch blickte Bond auf das Leuchtzifferblatt seiner Uhr. Fünf Uhr fünfzig. Nur noch zehn Minuten. Keine Transportmittel am Eingang. Keine dieser unauffälligen schwarzen ZIL-Limousinen, mit denen er halbwegs gerechnet hatte. Er schlug sich das Mädchen so gut wie möglich aus dem Kopf und begann, sich zu konzentrieren. Los, denk an deine Aufgabe, verdammt noch mal!

Irgendwo aus dem Innern des Ministeriums drang das vertraute Stimmen der Instrumente — eine Pause — und dann schmetterte das Orchester die ersten Takte einer selbst James Bond vage vertrauten Melodie.

»Die Ouvertüre zu Mussorgskijs *Boris Godunoff*«, erläuterte Captain Sender lakonisch. »Jedenfalls ist es gleich sechs.« Dann fügte er hastig hinzu: »He! Rechts im letzten der vier Fenster rührt sich was! Passen Sie auf!«

Bond senkte das Nachtzielgerät ein wenig. Ja, in der dunklen Höhle war eine Bewegung zu sehen. Und jetzt schob sich aus dem Innern ein dicker, schwarzer Gegenstand hervor — eine Waffe. Sie bewegte sich ruhig, exakt, drehte sich nach unten und seitwärts, so daß sie die Strecke der Zimmerstraße zwischen den beiden Ruinengebieten im Schußfeld hatte. Dann blieb die Waffe still; sie ruhte offenbar auf einem ähnlichen Gestell, wie Bond eins unter seinem Gewehr hatte.

»Was ist es? Was für ein Typ?« keuchte Captain Sender. Ruhig Blut, verdammt, dachte Bond. Wenn einer nervös sein darf, dann bin ich es.

Er spähte angestrengt hinüber, bemerkte den kurzen, dicken Mündungsfeuerdämpfer, das Zielfernrohr, das dicke, nach unten gerichtete Magazin. Ja, das war's — eindeutig! Das Beste, was sie hatten!

»Kalaschnikow«, sagte er kurz. »Maschinenpistole. Gasdrucklader. Dreißig Schuß, Kaliber 7.62. Lieblingswaffe des KGB. Sie wollen also das ganze Gebiet bestreichen. Großer Feuerbereich. Wir müssen ihn rasch erwischen, sonst ist 272 nicht nur tot, sondern Brei. Sie passen auf, ob sich irgendwas im

Trümmerfeld drüben bewegt. Ich muß das Fenster und die Waffe genau im Auge behalten. Schließlich wird er zum Vorschein kommen müssen, um zu schießen. Wahrscheinlich stehen hinter ihm ein paar Mann auf Beobachtungsposten — vielleicht an allen vier Fenstern. So ziemlich das, was wir erwartet haben, aber ich hätte nicht geglaubt, daß sie eine Waffe verwenden würden, die soviel Krach macht. Hätte es mir aber denken können. Ein laufender Mann ist in dieser Beleuchtung mit einem einzelnen Schuß viel schwerer zu treffen als mit Feuerstößen.«

Bond drehte sorgfältig an den Gestellschrauben und richtete das Fadenkreuz so ein, daß das Gewehr auf die Stelle zielte, wo die Schulterstütze der Maschinenpistole in die Dunkelheit tauchte. Triff in die Brust — kümmere dich nicht um den Kopf! Bond begann unter der warmen Kapuze zu schwitzen, und seine Augenhöhle an der Gummimanschette wurde feucht. Das machte nichts. Wenn nur seine Hände, sein Abzugfinger knochentrocken blieben! Er blinzelte hin und wieder, um die Augen auszuruhen, bewegte sich leicht, um die Glieder geschmeidig zu erhalten, und lauschte auf die Musik, um sich zu entspannen.

Die Minuten schlichen mit bleierner Langsamkeit dahin. Wie alt mochte sie wohl sein? Anfang der Zwanzig — vielleicht dreiundzwanzig. Die sichere, lässige Haltung, der aufrechte energische Gang, die geschmeidigen Bewegungen — das alles sprach für gute Klasse. Wahrscheinlich stammte sie aus einer der alten preußischen Familien, oder auch aus dem polnischen oder sogar dem russischen Adel. Aber warum, zum Teufel, mußte sie ausgerechnet Cello spielen? Der Gedanke an dieses große, plumpe Instrument zwischen ihren gespreizten Beinen hatte fast etwas Obszönes. Man sollte wirklich etwas erfinden, daß Frauen dieses verdammte Ding gewissermaßen im Damensattel spielen konnten ...

»Sieben Uhr«, verkündete Captain Sender. »Drüben hat sich nichts gerührt. Nur auf unserer Seite, in der Nähe eines Kellers dicht an der Grenze. Das wird unser Empfangskomitee sein — zwei gute Leute von der Station. Sie halten wohl besser so lange aus, bis die da drüben dichtmachen. Sagen Sie mir Bescheid, wenn sie die Waffe zurücknehmen.«

»In Ordnung.«

Es war bereits halb acht, als die Maschinenpistole des KGB im dunklen Inneren verschwand. Die unteren Hälften der vier Fenster wurden nacheinander geschlossen. Das kaltblütige Spiel war für diesen Abend beendet. 272 saß noch in seinem Versteck. Noch zwei solcher Abende!

Bond zog behutsam den Vorhang über seine Schulter und ließ ihn über die Mündung des Winchestergewehres fallen. Er stand auf, zog die Kapuze ab, ging ins Badezimmer und duschte. Dann trank er rasch hintereinander zwei doppelte Whisky mit Eis. Mit gespitzten Ohren wartete er darauf, daß jetzt die gedämpften Töne des Orchesters abbrachen. Um acht Uhr war es soweit. »Ich riskiere rasch noch einen Blick. Die große Blonde mit dem Cello hat es mir angetan«, sagte er zu Sender.

»Sie ist mir nicht aufgefallen«, erwiderte Sender uninteressiert und ging in die Küche. Tee, dachte Bond. Oder gar Ovomaltine. Bond streifte die Kapuze über, nahm seine frühere Stellung wieder ein und richtete das Nachtzielgerät auf die Tür des Ministeriums. Ja, da kamen sie, aber ihre Heiterkeit war verpufft. Müde vielleicht. Und nun erschien sie, weniger lebhaft, aber immer noch mit dem schönen, lässigen Gang. Bond blickte dem wehenden goldenen Haar und dem rehbraunen Regenmantel nach, bis die Dämmerung der Wilhelmstraße beides verschluckte. Wo mochte sie wohl wohnen? In einem Vorort, in irgendeinem jämmerlichen Zimmer mit abblätternden Tapeten? Oder bei den Privilegierten in der häßlichen Karl-Marx-Allee, in einem Appartement, das an gekachelte Waschräume erinnerte?

Bond zog sich wieder vom Fenster zurück. Irgendwo in Reichweite lebte dieses Mädchen. War sie verheiratet? Hatte sie einen Liebhaber? Ach, zum Teufel mit diesen Gedanken! Sie war nicht für ihn bestimmt.

Der nächste Tag und Abend war mit kleinen Abweichungen eine Wiederholung des ersten. James Bond hatte via Nachtzielgerät zwei weitere kurze Rendezvous mit dem Mädchen. Im übrigen schlug man die Zeit tot und spürte, wie sich die Spannung ständig steigerte. Am dritten und letzten Tag erfüllte sie den kleinen Raum wie Nebel.

James Bond hatte sich für den dritten Tag ein kaum zu bewältigendes Programm zusammengestellt: Museen, Kunstgalerien, den Zoo und einen Film. Dabei nahm er kaum etwas wahr von dem, was er betrachtete, denn seine Gedanken weilten bei dem Mädchen und bei den vier dunklen Fensterhöhlen mit dem schwarzen Rohr und dem unbekannten Mann dahinter — dem Mann, den er nun mit Gewißheit heute abend töten würde.

Als Bond pünktlich um fünf wieder in der Wohnung war, vermied er mit knapper Not einen Streit mit Captain Sender. Er hatte sich einen steifen Whisky eingeschenkt, bevor er die häßliche Kapuze überzog, die jetzt nach seinem Schweiß roch. Captain Sender hatte versucht, ihn daran zu hindern. Als das mißlang, drohte er den Stationschef anzurufen und zu melden, daß Bond gegen die Vorschriften verstieß.

»Hören Sie mal zu, mein Freund«, sagte Bond erschöpft, »ich muß heute abend einen Mord begehen. Nicht Sie. *Ich*. Machen Sie also bitte keine Scherereien. Wenn es vorbei ist, können Sie Tanqueray erzählen, was Sie wollen. Glauben Sie etwa, daß mir dieser Auftrag gefällt? Daß ich begeistert davon bin, eine Doppel-o-Nummer zu haben? Ich wäre glücklich, wenn Sie es fertigbrächten, daß ich aus der Doppel-o-Abteilung rausgeworfen würde. Dann könnte ich es mir gemütlich machen und mich als gewöhnliches Stabsmitglied in ein behagliches Papiernest setzen. Stimmt's?«

In eisigem Schweigen verließ Captain Sender das Zimmer und ging in die Küche, um sich, den Geräuschen nach zu urteilen, die unvermeidliche Tasse Tee zu brauen.

Bond spürte, wie der Whisky allmählich die verkrampften

Magennerven löste. Na, zum Teufel, wie würde er wohl aus dieser Patsche herauskommen?

Es war genau sechs Uhr fünf, als Sender auf seinem Posten aufgeregt zu reden begann. »Bond, es rührt sich etwas da drüben, noch ziemlich weit entfernt. Nun ist er stehen geblieben — halt, nein, er schleicht weiter, tief zusammengekauert. Jetzt ist er an einer Ruinenmauer. Dort können ihn die drüben nicht sehen. Aber er hat meterweise dichtes Unkraut vor sich. Mein Gott! Er kommt durch das Gestrüpp, und es bewegt sich. Hoffentlich denken sie, es ist nur der Wind. Nun ist er durch und hat sich hingeworfen. Irgendeine Reaktion am Fenster?« »Nein«, erwiderte Bond nervös. »Berichten Sie weiter. Wie weit ist's noch bis zur Grenze?«

»Etwa fünfzig Meter. Dann hat er es geschafft.« Captain Senders Stimme war rauh vor Erregung. »Ruingelände, aber teils offen. Dann ein massiver Mauerrest direkt am Gehsteig. Er wird drüberklettern müssen. An der Stelle müssen sie ihn sehen. Jetzt! Jetzt ist er zehn Meter weiter. Und wieder zehn. Ich habe ihn deutlich erkannt. Er hat sich Gesicht und Hände geschwärzt. Achtung! Jetzt muß er jeden Augenblick zum Endspurt ansetzen.«

James Bond spürte, wie ihm der Schweiß an Gesicht und Hals hinunterlief. Rasch rieb er sich die Hände ab. Im Nu waren sie wieder in der alten Stellung, der Zeigefinger im Bügel, an der Krümmung des Abzugs. »Es regt sich etwas im Raum hinter der Maschinenpistole. Sie müssen ihn entdeckt haben. Lassen Sie den Opel loslegen.« Bond hörte, wie das Kodewort ins Mikrophon gesprochen wurde, spürte, wie sein Herz schneller schlug, als der Motor des Opels ansprang und ohrenbetäubendes Auspuffgeknatter die Stille zerriß.

Jetzt war ganz deutlich eine Bewegung in der dunklen Fensterhöhle zu erkennen. Ein schwarzer Arm mit schwarzem Handschuh hatte sich ausgestreckt und unter den Schaft geschoben. »Jetzt!« stieß Captain Sender hervor. »Jetzt! Er rennt auf die Mauer zu! Nun ist er oben! Gleich springt er ab!«

Und im nächsten Augenblick sah Bond im Infrarotgerät den Kopf des Schützen »Abzug« — das klare Profil, das goldene Haar —, alles am Schaft der Kalaschnikow sichtbar! Leicht zu treffen wie eine Tontaube! Blitzschnell stellte Bond die Schrauben ein wenig, und als das gelbe Mündungsfeuer der Maschinenpistole aufblitzte, drückte er ab.

Bei dieser Entfernung von dreihundertzehn Metern mußte die Kugel zwischen Schaft und Lauf aufgeschlagen sein und hatte vielleicht die linke Hand der Schützin getroffen. Auf alle Fälle war ihre Wirkung erstaunlich: sie riß die Maschinenpistole vom Gestell, schmetterte sie gegen den Fensterrahmen und schleuderte sie dann in die Tiefe. Die Waffe drehte sich mehrere Male in der Luft und krachte mitten auf die Straße.

»Er ist drüben!« schrie Captain Sender. »Er hat die Grenze hinter sich! Er hat's geschafft! Bei Gott, er hat's geschafft!«

»Hinlegen!« befahl Bond und warf sich seitwärts vom Bett, als das große Auge eines Scheinwerfers in einem der dunklen Fenster aufflammte und suchend die Straße hinaufglitt. Dann krachte Gewehrfeuer, und die Kugeln jaulten durch das Fenster, schlugen in die Wände, und die Täfelung barst.

Durch das Schwirren und Pfeifen der Kugeln hörte Bond den davonbrausenden Opel und dazwischen leise Orchesterklänge. Diese zweifache Geräuschkulisse machte ihm alles klar. Natürlich! Das Orchester, das in den Räumen und Korridoren des Ministeriums einen gewaltigen Krach verursacht haben mußte, sollte — genau wie bei ihnen die Fehlzündungen des Opels — das Maschinengewehrfeuer übertönen. Hatte die Schützin ihre Waffe etwa jeden Tag im Cellokasten hin und her geschleppt? Setzte sich das ganze Orchester aus KGB-Frauen zusammen? Waren in den übrigen Instrumentenbehältern nur Geräte gewesen — in der großen Trommel vielleicht der Scheinwerfer —, während die richtigen Instrumente bereits in der Konzerthalle standen? Oder war diese Hypothese zu phantastisch? Wahrscheinlich. Aber das Mädchen war ohne Zweifel die Schützin gewesen. Im Infrarotgerät hatte er sogar die dichten, langen Wimpern an dem zusammengekniffenen Auge erkennen können. Hatte er sie verletzt? Mit ziemlicher Sicherheit ihren linken Arm. Es gab keine Gelegenheit mehr für ihn, sie zu sehen, sich über ihr Befinden zu vergewissern, wenn sie mit dem Orchester das Gebäude verließ. Er würde sie nun niemals wiedersehen. Denn das Fenster hier war lebensgefährlich. Zur Bekräftigung dieser Tatsache schlug eine verirrte Kugel in die Winchesterbüchse, die bereits umgekippt und beschädigt war. Heißes Blei spritzte auf Bonds Hand und verbrannte ihm die Haut. Er stieß einen kräftigen Fluch aus. Plötzlich wurde das Feuer eingestellt. Im Raum herrschte Stille. Captain Sender tauchte aus seinem Schlupfwinkel neben dem Bett auf und schüttelte sich Glasscherben aus dem Haar. Der Fußboden knirschte unter ihren Schritten, als sie durch die zersplitterte Tür in die Küche gingen. Da dieser Raum nicht nach der Straße lag, konnten sie hier ungefährdet das Licht anknipsen.

»Verletzt?« fragte Bond.

»Nein. Haben Sie etwas abgekriegt?« Captain Senders Augen glänzten im Kampfesfieber. Zugleich bemerkte Bond darin einen scharfen, vorwurfsvollen Ausdruck.

»Nein. Ich brauche nur etwas Leukoplast für meine Hand. Habe heißes Blei von einer Kugel abgekriegt.« Bond ging ins Badezimmer. Als er wieder herauskam, saß Captain Sender am Funksprechgerät, das er aus dem Schlafzimmer geholt hatte. Er sprach gerade ins Mikrofon: »Das ist im Augenblick alles. Freue mich für 272. Schicken Sie rasch den Panzerwagen. Wäre froh, wenn ich hier endlich herauskäme, 007 wird einen Bericht über den Hergang abfassen müssen. Okay? Ende.«

Captain Sender wandte sich an Bond. Halb anklagend, halb verlegen sagte er: »Ich fürchte, Sie müssen dem Stationschef Ihre Gründe schriftlich darlegen, warum Sie den Kerl nicht erschossen haben. Ich habe beobachtet, wie Sie die Zielrichtung in letzter Sekunde änderten. Das gab dem Schützen Zeit, einen Schuß abzufeuern. 272 hatte verdammtes Glück, daß er gerade zu laufen begonnen hatte. Die Kugel riß unmittelbar hinter ihm Stücke aus der Mauer. Ich sah mich gezwungen, das dem Chef zu melden. Was war denn eigentlich los?«

James Bond hätte sehr wohl Lügen und ein Dutzend Gründe erfinden können. Statt dessen nahm er einen kräftigen Schluck von dem starken Whisky, den er sich eingeschenkt hatte, stellte das Glas auf den Tisch und blickte Captain Sender fest ins Auge.

»Schütze ›Abzug‹ war eine Frau.«

»Na, und? Der KGB hat viele weibliche Agenten — und weibliche Maschinengewehrschützen. Ich bin nicht im geringsten davon überrascht. Die russischen Frauen zeichnen sich bei den Weltmeisterschaften immer aus. Bei der letzten in Moskau errangen sie den ersten, zweiten und dritten Platz gegen sieben Länder. Ich kann mich sogar an zwei Namen erinnern — Donskaja und Lomowa — hervorragende Schützen. Vielleicht war es eine von den beiden. Wie sah sie denn aus? Im Archiv kann man sie wahrscheinlich identifizieren.«

»Es war eine Blondine — das Mädchen, das das Cello trug. Vermutlich hatte sie ihre Waffe im Cellokasten. Das Orchester sollte als Geräuschkulisse für die Schießerei dienen.«

»Oh!« sagte Captain Sender langsam. »Ich verstehe. Das Mädchen, auf das Sie scharf waren, wie?«

»Ganz recht.«

»Es tut mir leid, aber das werde ich in meinem Bericht ebenfalls erwähnen müssen. Sie hatten den eindeutigen Befehl, den Schützen ›Abzug‹ zu beseitigen.«

Ein Wagen näherte sich und bremste vor dem Haus. Es klingelte zweimal. Sender sagte: »Los, hauen wir ab. Sie haben uns einen Panzerwagen geschickt, um uns hier wegzuholen.« Er schwieg und wich Bonds Blick aus. »Das mit dem Bericht tut mir leid. Aber schließlich muß ich meine Pflicht tun. Und Sie hätten den Heckenschützen töten sollen, egal, wer es war.«

Bond stand auf. Plötzlich hatte er keine Lust mehr, diese stinkende, kleine, demolierte Wohnung zu verlassen — die Stätte, wo er drei Tage lang aus der Ferne eine Unbekannte geliebt hatte ... die Stätte seiner einseitigen Liebe zu einer fremden, feindlichen Agentin, deren Auftrag der gleiche gewesen war, wie der seine. Armes Ding! Sie saß jetzt schlimmer in der

29

Tinte als er! Sicherlich würde man sie vor ein Kriegsgericht stellen, weil sie ihre Aufgabe verpfuscht hatte. Wahrscheinlich würde sie aus dem KGB ausgestoßen. Er zuckte die Achseln. Zumindest würde man sie nicht umbringen — ebensowenig, wie er es gekonnt hatte ...

Erschöpft erwiderte James Bond: »Okay. Wenn ich Schwein habe, kostet mich das meine Doppel-o-Nummer. Aber sagen Sie dem Stationschef nur, er braucht sich keine Sorgen zu machen. Das Mädchen wird sich nicht mehr als Scharfschützin betätigen. Wahrscheinlich hat sie die linke Hand verloren. Bestimmt habe ich ihr den Schneid für dieses Handwerk abgekauft. Den Schreckschuß vergißt sie ihr Leben lang nicht. Für meine Begriffe genügte das. Los, gehen wir.«

Tod im Rückspiegel

Die eiskalten Augen hinter den großen schwarzen Schutzbrillen waren das einzig Ruhige an der mit 120 Sachen dahinrasenden BSA M 120. Unter dem schützenden Brillenglas starrten sie geradeaus, und die schwarzen, unbewegten Pupillen wirkten wie Pistolenmündungen. Der Fahrtwind hatte den Mund des Fahrers zu einem breiten Grinsen verzerrt, so daß die großen Pferdezähne und Teile des weißlichen Zahnfleisches bloßlagen. Die Wangen waren zu vibrierenden Backentaschen gebläht, und die Hände in den schwarzen Handschuhen wirkten mit ihren abgewinkelten Gelenken wie die Pranken eines sprungbereiten Tiers.

Der Mann trug die Meldefahreruniform des Königlichen Nachrichtenkorps, und seine olivgrün gespritzte Maschine glich bis auf gewisse Änderungen an Ventilen, Vergaser und Auspufftopf den britischen Militärmaschinen. Und bis auf die scharfgeladene Luger im Halter auf dem Benzintank ließ nichts an dem Mann und seiner Ausrüstung vermuten, daß er nicht das war, was er zu sein schien.

Es war sieben Uhr früh an einem Maimorgen, und die schnurgerade Waldstraße schimmerte im Frühjahrsdunst. Die moos- und blumenbewachsenen Senken zwischen den großen Eichen beiderseits der Straße verstärkten den bühnenhaften Zauber der prachtvollen Wälder von Versailles und St. Germain. Die D 98 war eine Nebenstraße für den Lokalverkehr in dieser Gegend, und der Motorradfahrer hatte soeben die Autobahn

Paris-Mantes unterfahren, über die bereits der Pariser Pendel-
verkehr brauste.

Nun fuhr er nordwärts in Richtung St. Germain, und es war
nach vorn und nach hinten niemand in Sicht bis auf jene fast
identische Gestalt 800 Meter voraus — bis auf jenen anderen
Meldefahrer des Königlichen Nachrichtenkorps. Er war jünger
und schlanker, saß bequem auf seiner Maschine, genoß den
Morgen und hielt sein Tempo auf etwa siebzig. Denn er hatte
Zeit, es wurde ein herrlicher Tag, und er fragte sich eben, ob
er wohl nach seiner Rückkehr ins Hauptquartier — er würde
gegen acht Uhr dort sein — Rühr- oder Spiegeleier zum Frühstück nehmen solle.

Fünfhundert Meter, vierhundert, drei-, zwei-, einhundert. Der
aufschließende Fahrer ging auf achtzig herunter. Mit den Zähnen riß er den Handschuh von der Rechten, steckte ihn zwischen die Jackenknöpfe, griff nach unten und machte die
Pistole los.

Er mußte jetzt im Rückspiegel des Vordermanns bereits deutlich zu erkennen sein, denn plötzlich wandte der Jüngere seinen Kopf, erstaunt, schon so früh am Morgen einen zweiten
Meldefahrer zu sehen. Er vermutete einen Amerikaner in ihm
oder auch einen französischen Militärpolizisten — irgend jemanden eben von den acht NATO-Ländern, die den Stab von
SHAPE bildeten. Als er aber die Uniform des eigenen Korps
erkannte, war er erstaunt und erfreut zugleich. Wer, zum
Teufel, das wohl sein mochte?

Gutgelaunt hob er zum Zeichen des Erkennens den Daumen
und ging auf fünfzig herunter, um den anderen herankommen
zu lassen. Gleichzeitig auf die Straße vor sich und die näher
kommende Gestalt im Rückspiegel achtend, ging er die Fahrer-
namen der britischen Headquarters-Spezialtransportabteilung
durch: Albert, Sid, Wally — Wally konnte es sein, der war so
untersetzt! Fein, da konnte er ihn mit diesem kleinen Kanti-
nenkäfer auf den Arm nehmen, mit dieser Louise, Elise, Lise
— weiß der Teufel, wie sie hieß!

Der Mann mit der Pistole war langsamer geworden. Jetzt war

er auf fünfzig Meter heran. Sein Gesicht, nicht mehr windverzerrt, zeigte jetzt kantige, harte, vielleicht slawische Züge. Etwas glomm hinter den schwarzen, ihr Ziel anvisierenden Augenmündungen. Vierzig Meter — dreißig. Eine einsame Elster kreuzte vor dem jungen Meldefahrer ungeschickt die Straße und flog in die Büsche hinter der Michelintafel »St. Germain 1 km«. Der junge Mann grinste und hob ironisch grüßend einen Finger: »Elster bedeutet Unglück!«

Zwanzig Meter hinter ihm nahm der Pistolenschütze beide Hände von den Griffen, hob die Luger, stützte sie sorgfältig auf den linken Unterarm und feuerte.

Dem jungen Mann riß es die Hände nach hinten zusammen. Seine Maschine schoß quer über die Straße, bockte über den schmalen Graben und durchpflügte das Maiglöckchengrün. Dann bäumte sie sich auf kreischendem Hinterrad und kippte langsam auf den toten Fahrer zurück. Der Motor stotterte, die Maschine riß und zerrte an der Uniform und an den Blumen — und lag still.

Der Mörder beschrieb eine enge Kurve und blieb mit der gewendeten Maschine stehen. Er stieß den Radständer nach unten, schob die Maschine darauf und lief durch die Blumen zu den Bäumen hin. Dort kniete er neben dem Toten nieder und zog eines seiner Lider kurz nach oben. Ebenso grob riß er die schwarzlederne Meldertasche von der Leiche und die Knöpfe von der Jacke. Dann bemächtigte er sich der abgenützten Brieftasche und zog die billige Armbanduhr so heftig vom Handgelenk des Toten, daß das elastische Chromband entzweiriß. Schließlich stand er auf und hängte sich die Meldertasche über die Schulter. Während er Brieftasche und Uhr in seiner Jacke verstaute, horchte er. Aber nur die Waldgeräusche und das langsame Ticken erhitzten Metalls waren zu hören.

Langsam schritt der Mörder in seiner eigenen Spur zur Straße zurück und scharrte dabei Blätter über die Radspuren in der weichen Erde und im Moos — besonders sorgfältig bei den tiefen Eindrücken im Graben und am Grasrand. Dann blieb er neben seinem Motorrad stehen und blickte zurück auf den

Maiglöckchenfleck. Nicht schlecht! Wahrscheinlich würden nur die Polizeihunde die Stelle finden, und das würde bei den sechzehn Straßenkilometern bis hierher Stunden, vielleicht Tage dauern — bei weitem lange genug. Die Hauptsache bei derlei Anschlägen war, genügend Spielraum zu haben. Er hätte den Mann auch auf vierzig Meter umlegen können, aber zwanzig war ihm lieber gewesen. Auch das Wegnehmen von Uhr und Brieftasche war gute Arbeit — Profi-Arbeit eben.

Zufrieden mit sich hob der Mann die Maschine vom Radständer, schwang sich elegant in den Sattel und trat sie an. Langsam, um keinerlei Spuren zu hinterlassen, fuhr er an, langsam legte er Tempo zu, zurück in die Richtung, aus der er gekommen war. Nach einer Minute war er wieder auf 110, eine windverzerrte, grinsende Maske.

Es war, als hätte der Wald am Schauplatz des Mordes während der Untat den Atem angehalten. Nun begann er wieder zu rauschen.

James Bond nahm seinen ersten Abend-Drink bei Fouquet's. Es war kein scharfer Drink. In französischen Cafés kann man nicht ernstlich trinken. So im Freien, auf dem Gehsteig — das ist nichts für Wodka, Whisky oder Gin. Eine *fine à l'eau* ist ja ziemlich stark, aber sie macht betrunken, ohne recht zu schmecken. Ein *quart de champagne* oder ein *champagne à l'orange* vor Mittag ist ganz gut, aber abends führt ein *quart* zu einem weiteren *quart*, und eine Flasche Champagner ist eine schlechte Unterlage für die Nacht. Pernod kann man trinken, aber nur in Gesellschaft, und Bond hatte das Zeug nie gern gemocht, weil der Lakritzengeschmack ihn an die Kindheit erinnerte. Nein, in den Cafés konnte man sich nur an die am wenigsten widerlichen Operettengetränke halten, und so trank Bond hier immer das gleiche — einen Americano: Campari bitter, Cinzano, ein großes Stück Zitronenschale und Soda. Als Soda verlangte er stets Perrier, denn seiner Meinung nach war teures Sodawasser die billigste Art, einen schlechten Drink zu verbessern.

34

In Paris hatte Bond immer dieselbe Adresse: er wohnte im Terminus Nord, weil er Bahnhofshotels gern hatte und dieses das noch am wenigsten anmaßende und das anonymste unter ihnen war. Zu Mittag aß er im Café de la Paix, im Rôtonde oder im Dôme, denn das Essen war dort recht gut und das Beobachten der Leute unterhaltsam. Wollte er etwas Scharfes trinken, so nahm er's in Harry's Bar, erstens wegen der Ausgiebigkeit ihrer Drinks und zweitens, weil er bei seinem ersten, ahnungslosen Parisbesuch das getan hatte, was Harry's Reklame in der *Continental Daily Mail* zu tun anriet: er hatte dem Taxifahrer gesagt: »*Sönk Rüh Doh Nuh*«, und damit hatte einer der denkwürdigen Abende seines Lebens begonnen, der in dem fast gleichzeitigen Verlust seiner Unberührtheit und seiner Brieftasche gipfelte.

Zum Dinner ging Bond in eines der großen Restaurants, ins Véfour, in den Caneton, Lucas-Carton oder ins Cochon d'Or, die, was immer Michelin über die Tour d'Argent, Maxim's oder dergleichen sagen mochte, noch nicht vom Makel des Spesenkontos oder des Dollars behaftet waren. Außerdem fand er ihre Küche besser. — Nach dem Dinner ging er auf die Place Pigalle, um zu sehen, ob es was zu erleben gab. Passierte, wie gewöhnlich, nichts, so begab er sich durch die Stadt zur Gare du Nord und ging zu Bett.

Für heute aber hatte Bond beschlossen, dieses staubige Adreßbuch zu vergessen und sich einen altmodisch fröhlichen Abend zu machen. Er befand sich auf der Durchreise nach einem trostlos mißlungenen Auftrag an der ungarisch-österreichischen Grenze. Dort hatte es gegolten, einen Ungarn herüberzuholen. Bond hatte Spezialauftrag von London gehabt, über den Kopf der Station V hinweg die Operation zu leiten. Das hatte man bei der Wiener Station verübelt. Absichtliche Mißverständnisse waren die Folge gewesen, und der Mann war im Minenfeld der Grenze umgekommen. Nun stand eine Untersuchung bevor, und Bond sollte am nächsten Tag zur Berichterstattung wieder in London sein. Der Gedanke daran deprimierte ihn. Heute war es so schön gewesen — einer dieser

Tage, die einen fast glauben machen konnten, Paris *sei* schön und fröhlich — und so hatte Bond sich vorgenommen, der Stadt noch einmal eine Chance zu geben.

Irgendwie würde er ein Mädchen finden, das wirklich ein Mädchen war, und sie zum Dinner in eines der Snoblokale in der Art des Armenonville im Bois führen. Um die Geldgier aus ihrem Blick zu bannen, würde er ihr so bald als möglich 500 N. F. geben. Er würde ihr sagen: »Ich schlage vor, ich nenne dich Donatienne, oder vielleicht Solange, denn das paßt zu meiner Stimmung und zu diesem Abend. Wir kennen uns schon länger, und du hast mir mit diesem Geld seinerzeit aus einem Schlamassel geholfen. Hier ist es, und jetzt erzählen wir einander, was wir gemacht haben, seit wir das letztemal zusammen in Saint-Tropez waren, gerade vor einem Jahr. Sieh dir inzwischen die Speise- und die Weinkarte durch, und wähle aus, was dich glücklich und dick macht.« Und sie würde erleichtert sein und lachend sagen: »Aber James, ich will ja gar nicht dick werden!« Dann würden sie dasitzen, ganz eingestellt auf das Märchen vom »Frühling in Paris«, und Bond würde nüchtern bleiben und voll Interesse an ihr und allem, was sie sagte. Und bei Gott, zum Schluß würde es nicht seine Schuld sein, wenn von dem guten alten Märchen vom »vergnüglichen Paris« nicht die leiseste Spur mehr übrig war!

Während er so in Erwartung seines Americano bei Fouquet's saß, lächelte Bond über seine Hitzigkeit. Er wußte recht gut, daß er sich das alles nur vorspielte, um der Genugtuung jenes letzten Fußtrittes willen, den er jetzt einer Stadt zu versetzen gewillt war, der er seit dem Krieg eine tiefe Abneigung entgegenbrachte. Seit 1945 hatte er in Paris keinen glücklichen Tag mehr verbracht. Nicht, weil die Stadt sich verkauft hatte: das hatten viele Städte getan. Aber das Herz war fort — verpfändet an die Touristen, verpfändet an die Russen, die Rumänen, die Bulgaren, verpfändet an den Abschaum der Welt, der nach und nach von dieser Stadt Besitz ergriffen hatte. Und natürlich verpfändet an die Deutschen. Man konnte es den Augen der Leute ansehen — sie waren mürrisch, mißgünstig, beschämt.

Und die Architektur? Bond blickte übers Pflaster auf den dunklen, glänzenden Wagenstrom, der die Sonne schmerzend reflektierte. Überall das gleiche wie auf den Champs-Elysées! Während zweier Stunden nur konnte man die Stadt selbst sehen — zwischen fünf und sieben am Morgen. Nach sieben war sie verschlungen von dem brausenden Strom schwarzen Metalls, gegen den sich keines der schönen Gebäude, keiner der weiten, baumbestandenen Boulevards zu behaupten vermochte. Das Tablett klirrte auf der Marmorplatte. Mit nur einer Hand — Bond brachte das nie zustande - klickte der Kellner geschickt den Verschluß von der Perrierflasche, schob den Kassenbon unter das Eiskübelchen, sagte mechanisch: »Voilà, M'sieur« und verschwand. Bond gab Eis in seinen Drink, füllte ihn bis oben mit Soda auf und tat einen langen Zug. Dann lehnte er sich zurück und brannte sich eine gelbe Laurens an.

Natürlich würde der Abend katastrophal werden! Selbst wenn er innerhalb der nächsten zwei Stunden ein Mädchen fand, würde der Inhalt seiner Verpackung nicht entsprechen. Bei genauerem Hinsehen würde sich die großporige Haut der französischen Bürgermädchen zeigen, das Blondhaar unter dem roten Samtbirett würde an den Wurzeln braun und so grob wie Klaviersaiten sein, der Pfefferminzatem würde den Knoblauch vom Mittagessen nicht verbergen können, und die bezaubernde Figur würde das Ergebnis geschickter Draht- und Gummistützen sein. Überdies würde sie aus Lille stammen und ihn fragen, ob er Amerikaner sei. Und sie oder ihr maquereau — Bond mußte grinsen — würden ihm wahrscheinlich die Brieftasche klauen. Der Reigen! Wieder einmal würde er dort sein, wo er einst begonnen hatte, das heißt, mehr oder weniger. Na denn, zum Teufel damit!

Ein arg verbeulter schwarzer Peugeot 403 brach aus der Mitte der Fahrzeugkolonne aus, schnitt die innere Bahn und parkte in zweiter Spur. Es gab das übliche Bremskreischen, Gehupe und Geschrei. Völlig ungerührt stieg ein Mädchen aus dem Wagen, ließ den Verkehrssalat Verkehrssalat sein und trat auf den Gehsteig. Bond richtete sich auf. Das Mädchen verkörperte alles, tatsächlich alles, was ihm vorschwebte! Sie war groß und schien, obwohl ihre Formen von einem leichten Regenmantel verhüllt waren, auch eine gute Figur zu haben. Das fröhliche, herausfordernde Gesicht paßte nicht übel zu ihrer Fahrtechnik, doch jetzt preßte Ungeduld ihre Lippen zusammen, als sie sich mit verärgertem Blick quer durch den Passantenstrom drängte.

Bond hatte Zeit, sie gründlich zu mustern, während sie auf die Tischreihen zusteuerte und durch den Zwischengang herankam. Natürlich war es hoffnungslos: sie war verabredet mit ihrem Liebhaber. Sie war eine Art Frau, die immer schon zu einem anderen gehört. Sie hatte sich verspätet, deshalb ihre Eile. Verdammtes Pech — sogar das Haar unter dem flotten Birett war blond! Und nun sah sie ihn direkt an, lächelte ...!

Noch ehe Bond sich gefaßt hatte, war das Mädchen an seinem Tisch, hatte einen Stuhl herangezogen und Platz genommen. Seinem erstaunten Blick begegnete sie mit einem etwas gezwungenen Lächeln. »Tut mir leid, daß ich so spät komme, ich fürchte, wir müssen gleich wieder gehen. Sie werden im Büro verlangt.« Und dann hauchte sie: »Schnelltauchen!«

Bond zwang sich in die Wirklichkeit zurück. Wer immer sie sein mochte, sie kam von der »Firma«. »Schnelltauchen« war ein Fachausdruck, den der Geheimdienst aus der U-Boot-sprache übernommen hatte, und bedeutete schlechte Nachrichten — *ganz* schlechte sogar! Bond grub in der Tasche nach einigen Münzen, warf sie auf den Tisch, sagte: »Schön, gehen wir!«, stand auf und ging hinter ihr zum Wagen. Er blockierte noch immer die innere Fahrbahn, so daß jeden Augenblick ein Polizist dasein konnte. Wütende Gesichter starrten ihnen nach, als sie einstiegen. Das Mädchen hatte den Motor laufen lassen, knallte jetzt den zweiten Gang hinein und reihte sich in den Verkehr.

Bond betrachtete sie von der Seite. Die helle Haut war samtig, das Haar blond und seidig bis an die Wurzeln. Er fragte: »Woher kommen Sie, und worum handelt sich's?«

38

Während sie sich auf die Straße konzentrierte, sagte sie: »Von der Station. Assistentin zweiten Grades, Dienstnummer 765, privat Mary Ann Russell. Ich weiß nicht, worum sich's handelt und habe nur den Funkspruch vom HQ gesehn — von M persönlich an den Chef der Station. Sehr dringend und so weiter. Er müsse Sie sofort ausfindig machen und wenn nötig das Deuxième zu Hilfe rufen. Der Chef von F sagte, Sie seien in Paris immer an denselben Orten anzutreffen und drückte mir und einem zweiten Mädchen eine Liste in die Hand.« Sie lächelte. »Ich hatte es erst in Harry's Bar versucht, und nach dem Fouquet's hätte ich mit den Restaurants begonnen. Es war wunderbar, Sie so zu entdecken.« Sie blickte ihn rasch an. »Hoffentlich war ich nicht allzu ungeschickt.«

»Sie waren Klasse. Aber was hätten Sie getan, wenn ich mit einem Mädchen gewesen wäre?«

Sie lachte. »So ziemlich dasselbe, nur daß ich Sie ›Sir‹ genannt hätte. Das Mädchen loszuwerden, hätte mir freilich Sorge gemacht. Im Falle einer Szene hätte ich ihr vorgeschlagen, sie in meinem Wagen heimzubringen, und Sie hätten eben ein Taxi nehmen müssen.«

»Sie haben Einfälle, das muß ich sagen! Wie lange sind Sie schon beim Geheimdienst?«

»Fünf Jahre. Aber jetzt zum erstenmal bei einer Station.«

»Macht's Ihnen Spaß?«

»Die Arbeit schon. Aber die Abende und die freien Tage werden mir lang. Es ist nicht leicht, in Paris Anschluß zu finden ohne« — ihr Mund verzog sich ironisch —, »ohne das andere. Nicht, daß ich prüde wäre«, fügte sie rasch hinzu, »aber irgendwie sind diese Franzosen so lästig. Sehen Sie, ich mußte aufhören, die Metro und den Bus zu benützen. Man kann fahren, wann man will, jedesmal hat man das Hinterteil voller blauer Flecken.« Sie lachte. »So hab ich mir diesen Wagen billig gekauft, und die anderen weichen mir sichtlich aus. Solange man die Fahrer nicht ansieht, kann man's auch mit dem ärgsten aufnehmen. Sie haben dann Angst, man hätte sie nicht gesehen, und die zerbeulte Karosserie beunruhigt sie so, daß sie einem genug Platz lassen.«

Sie waren am Rond Point angekommen. Wie um ihre Theorie zu bestätigen, fuhr sie rundherum und dann geradeaus in den von der Place de la Concorde heraufkommenden Verkehr hinein. Wie durch ein Wunder teilte sich die Kolonne und ließ sie unbehindert zur Avenue de Martignon durch.

»Nicht schlecht«, sagte Bond. »Aber machen Sie sich das nicht zur Gewohnheit! Es könnten auch ein paar französische Mary Anns in der Gegend sein.«

Lachend bog sie in die Avenue Gabrielle ein und fuhr vor dem Pariser Hauptquartier des Geheimdienstes vor. »Ich fahre nur im Dienst so«, sagte sie.

Bond stieg aus und kam zu ihrer Wagenseite herüber. »Also, besten Dank fürs Abholen. Wenn der Wirbel vorbei ist, darf ich dann zur Abwechslung *Sie* abholen? Mich kneift zwar niemand, aber mir ist Paris ebenso langweilig wie Ihnen.«

Sie schaute ihn mit ihren blauen, weit auseinanderstehenden Augen prüfend an. »Gern«, sagte sie ernsthaft. »Die Zentrale weiß immer, wo ich bin.«

Bond streckte seine Hand durchs Fenster und drückte die ihre am Lenkrad. »Sehr gut.« Sprach's, drehte sich um und ging rasch durch den Eingang.

Abteilungsleiter F, Oberstleutnant Rattray, war ein dicklicher, rotbackiger Mann mit hellblondem, zurückgekämmtem Haar. Manieriert gekleidet, mit umgeschlagenen Manschetten und Seitenschlitzen in der Jacke, mit Schmetterlingsschleife und Phantasieweste, machte er einen verweichlichten Eindruck, den nur die bedächtigen, ziemlich schlauen Augen Lügen straften. Er war Kettenraucher, und sein Büro stank nach Gauloises. Erleichtert begrüßte er Bond. »Wer hat Sie gefunden?«

»Die Russell. Bei Fouquet's. Ist sie neu?«

»Seit sechs Monaten hier. Tüchtig. Aber nehmen Sie doch Platz! Bei uns ist momentan der Teufel los, ich soll Sie nur informieren und gleich losschicken.« Er beugte sich zur Sprechanlage und drückte auf die Schaltung. »Funkspruch an M, bitte. Vom Chef der Station persönlich. ›007 gefunden und informiert.‹ Okay?« Er ließ den Schalter los.

40

Bond zog einen Stuhl an das offene Fenster, um den Gauloise-
schwaden zu entgehen. Von den Champs-Elysées dröhnte
der Verkehrslärm herüber. Noch vor einer halben Stunde
hatte Bond Paris satt gehabt bis oben und sich auf seine Abreise gefreut. Jetzt hoffte er, in Paris bleiben zu können.

Oberstleutnant Rattray sagte: »Gestern hat man unseren
Meldefahrer auf dem Weg von SHAPE zur Station St. Ger-
main abgeknallt. Es war die wöchentliche Fahrt von der
SHAPE-Geheimdienstabteilung mit den Zusammenfassungen,
gemeinsamen Geheimberichten, der Kräfteverteilung hinterm
Eisernen Vorhang — alles höchst vertraulich. Ein einziger
Schuß in den Rücken. Es fehlt die Meldertasche, die Brieftasche
und die Uhr.«

»Böse Sache«, meinte Bond. »War's nur ein Raubüberfall —
oder hält man Brieftasche und Uhr für Tarnung?«

»Beim SHAPE-Sicherheitsdienst ist man sich nicht klar darüber, hält es aber eher für Tarnung. Sieben Uhr früh ist ja
wirklich nicht die Zeit für einen Raubüberfall! Aber darüber
können Sie sich selbst mit denen unterhalten. M schickt Sie
als seinen persönlichen Vertreter. Er ist verdammt in Sorge.
Abgesehen von dem Verlust der Geheimpapiere hat es den
SHAPE-Leuten ja nie gefallen, daß wir eine unserer Stationen
sozusagen außerhalb des Reservates haben. Seit Jahren versuchen sie, die St.-Germain-Gruppe dem SHAPE-Geheimdienst
einzuverleiben. Aber Sie kennen doch M's Vorliebe für Unabhängigkeit. Mit dem NATO-Sicherheitsdienst war er ja nie
glücklich. Und gerade in der SHAPE-Geheimdienstabteilung
sitzen nicht nur zwei Franzosen und ein Italiener, sondern der
Leiter ihrer Gegenspionage- und Sicherheitsabteilung ist ein
Deutscher!«

Bond ließ einen Pfiff hören.

»Das Peinliche daran ist, daß SHAPE auf so etwas nur gewartet hat, um M's Position zu erschüttern. Jedenfalls meint er,
Sie sollen sofort hingehen. Ich habe schon alles Nötige veran-
laßt, auch die Pässe sind da. Sie melden sich bei Oberst Schreiber, Headquarters-Sicherheitsabteilung. Er ist Amerikaner, ein

tüchtiger Kerl. Er behandelt die Sache seit Beginn und hat, soweit ich sehe, bereits das Menschenmögliche unternommen.«

»Was hat er unternommen? Und was ist tatsächlich vorgefallen?«

Oberstleutnant Rattray nahm eine Karte vom Tisch und kam damit herüber. Es war die Micheline »Umgebung von Paris« in großem Maßstab. Er zeigte mit dem Bleistift auf einen Punkt. »Da ist Versailles, und hier, gerade nördlich des Parks, ist das große Autobahnkreuz Paris-Mantes und Versailles. Zweihundert Meter nördlich davon, an der N 194, liegt SHAPE. Jeden Mittwoch sieben Uhr früh fährt dort ein Meldefahrer des Sonderdienstes mit den erwähnten wöchentlichen Geheimberichten los. Er muß zu diesem kleinen Dorf, Fourqueux heißt es, gerade außerhalb von St. Germain, liefert dort unserem Offizier vom Dienst das Zeug ab und meldet sich um sieben Uhr dreißig wieder bei SHAPE zurück. Aus Sicherheitsgründen, und um das verbaute Gebiet zu vermeiden, hat er Befehl, hier die N 307 nach St. Nom zu nehmen, dann nach rechts auf die D 98 abzubiegen und nach Unterfahrung der Autobahn durch den Wald von St. Germain zu fahren. Die Entfernung beträgt etwa zwölf Kilometer, bei langsamem Tempo keine Viertelstunde. Gestern war's ein Korporal vom Nachrichtenkorps, ein verläßlicher Mann namens Bates. Als er sich um sieben Uhr fünfundvierzig noch nicht bei SHAPE zurückgemeldet hatte, schickten sie einen zweiten Fahrer los, um Bates zu suchen. Keine Spur. Auch bei unserem HQ hatte er sich nicht gemeldet. Um acht Uhr fünfzehn befaßte sich schon die Sicherheitsabteilung mit dem Fall, um neun waren die Straßen gesperrt. Die Polizei und das Deuxième waren benachrichtigt, und Suchtrupps wurden ausgeschickt. Aber erst gegen sechs Uhr abends haben die Suchhunde ihn gefunden. Bis dahin waren alle Spuren längst vom Verkehr ausgelöscht.« Rattray reichte Bond die Karte und trat an seinen Tisch zurück. »Ja, das ist so ziemlich alles, außer den üblichen Maßnahmen an Grenzübergängen, in Häfen, auf Flugplätzen und dergleichen. Aber das wird uns nicht weiterbringen. Wenn es Profi-Arbeit war, von welcher Seite immer, dann war das Zeug schon zu Mittag außer Landes oder innerhalb einer Stunde in einer Pariser Gesandtschaft.«

Bond sagte ungeduldig: »Genau! Aber was, zum Teufel, erwartet M jetzt von *mir*? Daß ich den SHAPE-Leuten sage, sie sollen alles noch mal machen, nur besser? So was liegt aber schon *gar* nicht auf meiner Linie. Die reine Zeitverschwendung!«

Oberstleutnant Rattray lächelte teilnehmend. »So ziemlich den gleichen Standpunkt habe ich M gegenüber vertreten — natürlich mit dem gebotenen Takt. Aber der Alte war ganz vernünftig. Sagte bloß, er wolle SHAPE zeigen, daß er die Sache nicht weniger ernst nehme als sie. Und da Sie zufällig greifbar waren, meinte er, Sie hätten einen Sinn dafür, den unsichtbaren Faktor zu entdecken. Ich fragte ihn, wie er das meine, und er sagte, bei allen streng überwachten Hauptquartieren gäbe es diesen Unsichtbaren — diesen Mann, der so selbstverständlich da ist, daß man ihn einfach nicht bemerkt —, einen Gärtner, einen Fensterputzer, einen Briefträger. Ich machte geltend, daß SHAPE gerade deshalb alle Arbeiten von Soldaten besorgen läßt, aber M sagte nur, ich solle das alles nicht so wörtlich nehmen, und hängte ein.«

Bond mußte lachen. Er meinte, M's verärgertes Gesicht vor sich zu sehen, seine barsche Stimme zu hören. So sagte er nur: »Also schön. Will sehen, was ich tun kann. Bei wem melde ich mich zurück?«

»Hier. M will nicht, daß die St.-Germain-Gruppe damit zu tun bekommt. Alle Ihre Meldungen gehen von hier sofort per Fernschreiber nach London. Ich werde einen Dienst für Sie einteilen, den Sie Tag und Nacht erreichen können. Das könnte übrigens die Russell machen, die hat Sie ja auch gefunden! Paßt Ihnen das?«

»Jawohl«, sagte Bond. »Und ob mir das paßt.«

Der zerbeulte Peugeot, von Rattray kurzerhand requiriert, roch nach ihr. Im Handschuhfach lagen noch ihre Utensilien — eine halbe Tafel Suchard, eine Tüte mit Haarklemmen, ein

O'Hara-Paperback, ein einzelner schwarzer Wildlederhandschuh. Etwa bis zum Etoile dachte Bond an sie, dann schaltete er sie aus seinen Gedanken aus und lenkte den Wagen schnell durch den Bois. Rattray hatte gesagt, mit achtzig werde er fünfzehn Minuten brauchen, und Bond hatte erwidert, er werde halb so schnell, also doppelt so lange fahren, man möge ihn für halb zehn bei Oberst Schreiber anmelden. Nach der Porte de St. Cloud gab es nur wenig Verkehr, und Bond fuhr mit 110 über die Autobahn bis zur zweiten Ausfahrt rechts, wo der rote SHAPE-Hinweispfeil war. Bond kurvte die Böschung hinauf in die N 184. Zweihundert Meter weiter stand der Verkehrspolizist, auf den er achten sollte. Der Posten wies ihn linker Hand in die breite Einfahrt ein, und Bond fuhr zum ersten Kontrollpunkt.

Ein amerikanischer Polizist beugte sich aus der Kabine und prüfte Bonds Paß. Einfahren und warten. Jetzt nahm ein französischer Polizist seinen Paß, füllte einen Vordruck aus, gab ihm eine große Plastiknummer für die Windschutzscheibe und ließ ihn weiterfahren. Als Bond auf den Parkplatz kam, erstrahlten plötzlich hundert Bogenlampen und beleuchteten das Grundstück mit den niedrigen Baracken taghell. Bond fühlte sich nahezu nackt. Er ging über den freien Kiesplatz unter den Fahnen der NATO-Länder und stieg die vier flachen Stufen zu den breiten Glastüren hinauf, die zum Oberkommando der Alliierten Streitkräfte in Europa führen.

Hier war nun die Hauptkontrolle. Amerikanische und französische Militärpolizisten kontrollierten neuerlich seinen Paß und notierten die Einzelheiten. Dann wurde er einem britischen MP übergeben, der ihn durch den Hauptgang an zahllosen Bürotüren vorbeiführte. Sie trugen keine Namen, sondern das übliche Buchstaben-Abrakadabra aller Hauptquartiere. Auf einer Tür stand COMSTRIKFLTLANT AND SACLENT LIAISON TO SACEUR. Bond fragte nach dem Sinn dieser Aufschrift, aber der MP wußte es entweder wirklich nicht oder sagte aus Geheimhaltungsgründen nur: »Weiß nicht genau, Sir.«

Hinter der Tür zu »Colonel G. A. Schreiber, Headquarters-Sicherheitschef« saß ein Amerikaner mittleren Alters, steif wie ein Ladestock, mit angegrautem Haar und dem höflich-nichtssagenden Benehmen eines Bankdirektors. Auf seinem Tisch standen mehrere Familienfotos in Silberrahmen und eine Vase mit einer weißen Rose. Tabakgeruch war keiner im Zimmer. Nach vorsichtig freundlicher Einleitung beglückwünschte Bond den Obersten zu seinen Sicherheitsvorkehrungen. »All diese Kontrollen und Nachkontrollen machen es dem Gegner nicht leicht«, sagte er. »Ist Ihnen jemals vorher schon etwas abhanden gekommen, oder hat es irgendwann einmal Zeichen eines ernsthaften Anschlags gegeben?«

»Nein, Commander. Ich bin mit dem Hauptquartier sehr zufrieden. Sorgen machen mir nur die Außenstellen. Abgesehen von Ihrer Geheimdienstabteilung haben wir verschiedene Nachrichteneinheiten draußen — und dann natürlich die Ministerien von vierzehn Nationen! Ich kann nicht garantieren, ob nicht vielleicht dort etwas durchsickert.«

»Kein leichtes Geschäft«, stimmte Bond zu. »Jetzt aber zu dieser Geschichte: Gibt es etwas Neues, seit Oberstleutnant Rattray mit Ihnen gesprochen hat?«

»Wir haben das Geschoß gefunden. Luger. Hat das Rückgrat zerschmettert, Distanz zirka dreißig Meter. Falls unser Mann geradeaus fuhr, muß der Schuß genau hinter ihm aus gleicher Höhe abgefeuert worden sein. Da der Mörder nicht auf der Straße gewartet haben kann, muß er in oder auf einem Fahrzeug gesessen haben.«

»Dann hätte Ihr Mann ihn im Rückspiegel sehen müssen?«

»Wahrscheinlich.«

»Welche Weisungen haben Ihre Fahrer für den Fall, daß sie verfolgt werden?«

Der Oberst lächelte leicht. »Sie haben Auftrag, auf Teufel komm 'raus zu fahren.«

»Und mit welcher Geschwindigkeit ist Ihr Mann gestürzt?«

»Man nimmt an, daß er nicht sehr schnell war. Zwischen dreißig und sechzig. Worauf wollen Sie hinaus, Commander?«

»Ich frage mich, was Sie davon halten — ob es Profi- oder Amateurarbeit war. Wenn Ihr Mann nicht versucht hat zu entkommen, obwohl er den Mörder im Rückspiegel gesehen hat, so läßt das darauf schließen, daß er den Mann hinter sich eher für einen Freund hielt. Das läßt weiter auf eine Art Verkleidung schließen, die hierher paßt — auf etwas, das Ihr Mann sogar um sieben Uhr früh akzeptierte.«

Oberst Schreiber zog die Stirn kraus. In seiner Stimme lag eine gewisse Spannung, als er sagte: »Commander, wir haben selbstverständlich alle Seiten dieses Falles bedacht, auch die von Ihnen erwähnte. Gestern mittag hat der kommandierende General Alarmstufe in dieser Sache gegeben. Es wurde ein ständiger Ausschuß und ein Einsatzkommando gebildet, und von diesem Zeitpunkt an wurde jede Möglichkeit, jede Andeutung einer Spur gründlich geprüft. Und ich kann Ihnen sagen, Commander«, der Oberst hob seine wohlmanikürte Hand und ließ sie betont auf die Schreibunterlage fallen, »sollte jemand auch nur eine entfernt originelle Idee zu diesem Fall haben, so müßte er schon *sehr* nahe mit Einstein verwandt sein! Es gibt nichts, wirklich nichts, was uns in diesem Fall weiterbringt.«

Teilnahmsvoll lächelnd erhob sich Bond. »Dann werde ich jetzt Ihre Zeit nicht weiter in Anspruch nehmen, Oberst. Wenn ich aber die Konferenzprotokolle einsehen könnte, um mich gründlich zu informieren, und wenn einer Ihrer Leute mir die Kantine und mein Zimmer zeigen möchte?«

»Gewiß, gewiß.« Der Oberst drückte auf einen Klingelknopf. Ein junger Mann mit Bürstenfrisur trat ein. »Proctor, führen Sie bitte den Commander auf sein Zimmer im VIP-Flügel, und bringen Sie ihn dann zur Bar und in die Kantine.« Er wandte sich Bond zu. »Sobald Sie gegessen haben, liegen die Protokolle hier für Sie bereit. Mitnehmen können Sie sie nicht, aber im Nebenzimmer werden Sie finden, was Sie brauchen, und Proctor kann Ihnen in allen Dingen an die Hand gehen.« Er streckte die Rechte aus. »Okay? Dann sehe ich Sie also morgen früh.«

Bond sagte gute Nacht und folgte dem Sekretär. Während er

durch die neutral gestrichenen, neutral riechenden Gänge ging, kam es ihm in den Sinn, daß dies wohl der aussichtsloseste Auftrag war, den er je bekommen hatte. Wenn die Abwehrchefs von vierzehn Nationen nicht weiter wußten, was hatte er da noch zu hoffen? Als er an diesem Abend in dem spartanisch möblierten Gästezimmer zu Bett ging, beschloß er, dieser Sache noch zwei Tage zu widmen – hauptsächlich, um so lange als möglich mit Mary Ann Russell in Kontakt zu bleiben – und dann aufzugeben. Nach diesem Entschluß fiel er sofort in tiefen Schlaf.

Nicht zwei, sondern vier Tage später, der Morgen stieg über dem Wald von St. Germain herauf, lag James Bond auf dem dicken Ast einer Eiche und spähte hinunter auf die kleine leere Lichtung hinter den Bäumen längs der Mordstraße.
Er trug einen Tarnanzug eines Fallschirmjägers, und sogar seine Hände und sein Gesicht waren mit dem Stoff bedeckt – nur Schlitze für Augen und Mund waren gelassen. Es war eine gute Tarnung, die mit der höhersteigenden Sonne immer besser zu werden versprach. Vom Boden aus, sogar direkt unter seinem Platz, konnte er nicht gesehen werden.
Es war so gekommen: Wie erwartet, waren die ersten zwei Tage reine Zeitverschwendung gewesen. Bond hatte lediglich erreicht, sich durch seine hartnäckigen Rückfragen allseits unbeliebt zu machen. Am Morgen des dritten Tages, ohnehin schon im Begriff, sich verabschieden zu gehen, erhielt er einen Anruf vom Oberst. »Oh, Commander, ich wollte Ihnen nur sagen, daß die letzte Hundegruppe gestern erst spät nachts hereingekommen ist – es war ja Ihre Idee, den ganzen Wald absuchen zu lassen. Tut mir leid« – die Stimme klang gar nicht danach –, »aber alles absolut negativ.«
»Oh – mein Fehler, diese Zeitverschwendung!« Und hauptsächlich, um den Oberst zu ärgern, fügte Bond noch hinzu: »Macht es Ihnen was aus, wenn ich selbst noch mit dem Hundeführer spreche?«
»Aber bitte! Ganz wie Sie wünschen. Übrigens, Commander,

wie lange gedenken Sie noch zu bleiben? Wir freuen uns, Sie hier zu haben — aber es handelt sich um Ihr Zimmer. Demnächst kommt nämlich eine größere Gesellschaft aus Holland herein. Hochrangiger Stabskurs oder so was Ähnliches, und die Verwaltung sagt, daß wir knapp an Räumen sind.«

Bond hatte nicht erwartet, sich mit Oberst Schreiber gut zu vertragen, und hatte es auch gar nicht getan. Nun sagte er freundlich: »Ich werde sehen, was mein Chef dazu sagt, und rufe dann zurück, Oberst.«

»Ja bitte, tun Sie das.« Des Obersten Stimme war nicht minder höflich, doch schien die Höflichkeit beider Sprecher damit erschöpft zu sein, denn beide Hörer wurden gleichzeitig aufgelegt.

Der leitende Hundeführer war ein Franzose aus den Landes. Er hatte den raschen, schlauen Blick eines Wilderers. Bond fand ihn beim Hundezwinger. Da die Hunde Lärm schlugen — die Nähe des Abrichters war zuviel für sie —, führte er Bond in den kleinen Dienstraum, dessen Wände mit Ferngläsern, Regenmänteln, Gummischuhen, Hundehalsbändern und anderem Gerät behängt waren. Des weiteren gab es zwei Holzstühle und einen Tisch mit einer Karte des Waldes von St. Germain in großem Maßstab. Sie war mit Bleistift in Planquadrate unterteilt. Der Hundeführer strich über die Karte: »Wir haben alles abgesucht, Monsieur, aber nichts gefunden.«

»Wollen Sie damit sagen, die Hunde hätten kein einziges Mal angezeigt?«

Der Mann kratzte sich den Kopf. »Wir hatten ein paar Zwischenfälle mit Wild, Monsieur. Ein, zwei Hasen und zwei Fuchsbaue. Und dann noch die Scherereien auf der Lichtung in der Nähe des *Carrefour Royal*. Wahrscheinlich wittern sie dort noch immer die Zigeuner.«

»Aha.« Bond verspürte nur geringes Interesse. »Zeigen Sie mir's. Was waren das für Zigeuner?«

Der Mann fuhr mit einem schmutzigen kleinen Finger über die Karte. »Die Namen stammen noch aus früheren Zeiten: hier die *Etoile Parfaite*, und hier, beim Tatort, das *Carrefour*

48

des Curieux. Und hier ist das *Carrefour Royal*, die Grundlinie des Dreiecks. Es bildet«, fügte er bedeutsam hinzu, »mit der Mordstraße ein Kreuz.« Er holte einen Bleistift aus der Tasche und machte knapp neben der Kreuzung einen Punkt. »Und dies hier ist die Lichtung, Monsieur. Den Winter über lagerte hier eine Gruppe Zigeuner. Vorigen Monat sind sie weitergezogen. Sie haben den Platz zwar aufgeräumt, aber für die Hunde bleibt der Geruch noch monatelang spürbar.«

Bond dankte ihm und bestieg, nachdem er die Hunde noch gebührend bewundert und mit dem Hundeführer über dessen Beruf geplaudert hatte, seinen Peugeot, um zur Gendarmerie nach St. Germain zu fahren. Ja, dort hatte man die Zigeuner gekannt. Sie hatten wirklich wie Zigeuner ausgesehen, kaum ein Wort Französisch gesprochen, waren aber sonst ganz anständig gewesen. Keinerlei Grund zur Klage. Im ganzen sechs Männer und zwei Frauen. Nein, wegfahren sehen hatte sie niemand. Eines Morgens waren sie einfach fort gewesen. Das mochte nun etwa eine Woche her sein, sie hatten ja einen ganz entlegenen Platz gewählt.

Bond durchfuhr den Wald auf der D 98. Sobald 400 Meter voraus die große Autobahnbrücke auftauchte, beschleunigte er seine Fahrt und stellte dann den Motor ab, um geräuschlos zum *Carrefour Royal* zu gelangen. Dort stieg er leise aus dem Wagen und schlich, obwohl er sich in seiner Rolle eher komisch fühlte, durch den Wald auf die Lichtung zu. Nach etwa zwanzig Metern hatte er sie erreicht. Von Unterholz und Bäumen gedeckt sah er sich die Lichtung sorgfältig an, betrat sie dann und schritt sie bis zum anderen Ende aus. Sie hatte das Ausmaß von zwei Tennisplätzen und war mit dichtem Gras und Moos bedeckt. Ein großer Fleck Maiglöckchen war da, und unter den Bäumen am Rand wuchsen vereinzelt Glockenblumen. Auf der einen Seite erhob sich ein niedriger Erdhügel, vielleicht ein alter Grabhügel, ganz von Brombeersträuchern und wilden Rosen überwuchert, die jetzt in voller Blüte standen. Bond umschritt den Hügel und spähte zwischen die Wurzeln hinein. Aber nur die Erdform des Hügels war zu sehen.

Nach einem letzten Rundblick begab Bond sich zu jener Ecke der Lichtung, die der Straße zunächst lag. Hier gab es einen bequemen Zugang. Aber an Spuren zeigte sich nicht mehr, als von den Zigeunern zurückgeblieben sein konnte oder von den Picknicks des vergangenen Jahres. Am Straßenrand war ein schmaler Durchgang zwischen zwei Stämmen, die Bond oberflächlich abzusuchen begann.

Plötzlich erstarrte er und ließ sich dann auf die Knie nieder. Vorsichtig kratzte er ein Streifchen getrockneten Schlamms von der Rinde. Es verdeckte einen tiefen Kratzer in dem Baumstamm. Bond entdeckte deren drei auf dem einen und vier auf dem anderen Stamm. Rasch trat er unter den Bäumen hervor auf die Straße. Sie fiel hier leicht zur Autobahnbrücke ab, und so schob Bond seinen Wagen an, sprang hinein und rollte geräuschlos davon. Erst als er schon fast unter der Brücke war, kuppelte er ein.

Und jetzt war Bond wieder auf der Lichtung, besser gesagt *über* ihr, und wußte noch immer nicht, ob er mit seiner Vermutung recht hatte. M's Ausspruch und die Erwähnung der Zigeuner — diese beiden Dinge hatten ihn auf die Spur gebracht, falls es überhaupt eine war. Zigeuner! Da war er ja, der »unsichtbare Faktor«! Der »unsichtbare Mann«! Diese Zigeuner gehörten so zum Hintergrund, daß man sie gar nicht mehr sah. Sechs Männer und zwei Frauen, die kaum ein Wort Französisch gesprochen hatten! Zigeuner, das war eine gute Tarnung. Als Zigeuner war man Ausländer und doch kein Ausländer. Nun waren sie weitergezogen. Aber konnten nicht einige von ihnen in einem wintersüber errichteten Versteck zurückgeblieben sein, um von dort aus zu operieren? Vielleicht war der Raub der Geheimpapiere ihr erster Einsatz gewesen? Erst die so sorgfältig verborgenen Kratzer an den zwei Stämmen hatten Bond auf diese Idee gebracht. Sie befanden sich genau in Pedalhöhe eines getragenen Rades!

Hirngespinst oder nicht — Bond fragte sich, ob es bei diesem einen Anschlag bleiben würde. Er hatte seinen Verdacht nur der Station F berichtet, und Mary Ann Russell hatte ihn zur

Vorsicht ermahnt. Ihr Chef hatte ein übriges getan und die St.-Germain-Gruppe zu Bonds Unterstützung beordert. So hatte Bond sich von Oberst Schreiber verabschiedet und war ins Hauptquartier der Gruppe übersiedelt, in ein unscheinbares Haus in einer noch unscheinbareren Dorfstraße. Dort hatte man ihm den Tarnanzug besorgt, und die vier Geheimdienstleute hatten sich ihm bereitwilligst zur Verfügung gestellt. Wie er waren auch sie sich klar darüber, daß der britische Geheimdienst gegenüber SHAPE ungemein an Prestige gewinnen würde, falls Bond das Rennen allein machte. M's Sorgen um die Unabhängigkeit seiner Einheit würden dann ein für allemal ihr Ende haben.

Auf einem Eichenast liegend, grinste Bond vor sich hin. Privatarmeen, Privatkriege: wieviel Energie entzog das der gemeinsamen Sache, wie sehr lenkte es vom gemeinsamen Feind ab!

Sechs Uhr dreißig, Zeit fürs Frühstück. Vorsichtig tastete Bond in seinem Kampfanzug nach den Glukosetabletten, fand sie, steckte eine durch den Mundschlitz, ließ sie langsam zergehen und nahm noch eine zweite. Dabei ließ er die Lichtung nicht aus den Augen. Das rote Eichhörnchen, das mit dem ersten Licht aufgetaucht war, knabberte noch immer an den Buchenschößlingen, die beiden Wildtauben setzten ihre ungeschickten Liebesspiele fort, und das Spatzenpaar war ohne Unterlaß mit dem Nestbau beschäftigt. Die dicke Drossel fand endlich ihren Wurm, und Schwärme von Bienen umsummten die Rosen auf dem Hügel. Seit vier Uhr morgens lag Bond nun in seinem Versteck und kam sich inmitten dieses Märchenmorgens nachgerade wie ein Idiot vor. Fehlte nur noch, daß so ein blöder Vogel sich ihm auf den Kopf setzte!

Den ersten Alarm gaben die Tauben: mit lautem Flügelschlag flüchteten sie in die Bäume, gefolgt von den anderen Vögeln und dem Eichhörnchen. Nur mehr das Bienengesumm war jetzt vernehmbar. Was hatte die Tiere alarmiert? Bond bekam Herzklopfen. Er durchspähte die Lichtung nach einem Anhaltspunkt. Etwas regte sich — es war unter den Rosen, eine kaum wahrnehmbare, aber ungewöhnliche Bewegung!

Langsam, zentimeterweise, stieg dort ein einzelner, dorniger Stengel, unnatürlich gerade und dick, durch die Zweige. Stieg, bis er den Busch um gute dreißig Zentimeter überragte. Der Stengel trug eine einzige Rose. Bei oberflächlichem Hinsehen wirkte sie ganz natürlich. Aber jetzt entfalteten sich die Rosenblätter, klappten herunter und gaben eine Glaslinse von Shillinggröße frei! Sie schien direkt auf Bond zu starren, beschrieb dann aber eine langsame Drehung um die eigene Achse bis zurück zur Ausgangsstellung. Dann klappten die Blätter wieder zu, und langsam versank die Rose wieder im Busch.

Bonds Atem ging schneller. Für einen Moment schloß er die überanstrengten Augen. Da hatte man's! Zigeuner! Wenn diese Maschinerie nicht trog, dann befand sich unter diesem Hügel der fachmännisch bestinstallierte Spionageposten, der je irgendwo zurückgelassen worden war. Ein erwartungsvoller Schauer — fast eine Vorahnung von Furcht — überlief Bonds Rücken. Er hatte also recht gehabt! Was würde das nächste sein?

Etwas begann in dem Hügel zu summen — ein Elektromotor? Der Rosenstrauch erbebte. Die Bienenwolke flog auf — und setzte sich wieder. Langsam tat sich in der Mitte des großen Strauchs ein Spalt auf und verbreiterte sich, bis der ganze Strauch wie eine Doppeltür auseinanderklappte. Das Motorsummen war jetzt lauter geworden, das Metall der Kuppeltüren glänzte in der Sonne. Jetzt standen die beiden Segmente ganz offen, ebenso wie der von Bienen wimmelnde Rosenstrauch. Am Grunde der dunklen Öffnung schimmerte fahlgelb elektrisches Licht. Der Motorlärm war verstummt.

Ein Mann schob sich durch die Öffnung und betrat geduckt um sich spähend die Lichtung. In seiner Hand lag eine Pistole — die Luger! Sichtlich beruhigt winkte er in den Schacht hinunter. Kopf und Schultern eines zweiten Mannes erschienen. Er reichte drei Paar schneeschuhartige Geflechte heraus und verschwand wieder. Der erste kniete nieder und befestigte ein Paar davon an seinen Schuhen. Nun hinterließ er keine Fußspuren. Bond mußte grinsen. Gerissene Hunde!

Wieder tauchte der zweite Mann auf, dann ein dritter. Gemeinsam hoben sie ein Motorrad aus dem Schacht und hielten es hoch, während der erste — offenbar ihr Chef — auch ihnen die Geflechte anschnallte. Dann schritten sie hintereinander zwischen den Stämmen zur Straße, vorsichtig die Füße hebend, was außerordentlich unheimlich wirkte.

Mit einem Seufzer der Erleichterung ließ Bond den Kopf sinken. Das also war es! Jetzt war ihm alles klar! Die beiden Untergebenen trugen Overalls, ihr Chef aber steckte in der Uniform des Königlichen Nachrichtenkorps, und sein Motorrad war eine olivgrüne BSA M 120 mit britischer Armeenummer auf dem Benzintank. Kein Wunder, daß ihn der Meldefahrer von SHAPE hatte an sich herankommen lassen! Was aber geschah mit den erbeuteten Geheimdokumenten? Wahrscheinlich wurde nachts das Wichtigste daraus per Funk durchgegeben. Dann stieg statt des Periskops wohl eine Antenne aus dem Busch, der Generator wurde eingeschaltet, und die verschlüsselten Buchstabengruppen gingen hinaus in die Nacht. Nach welchem Schlüssel? Wenn es gelang, die ganze Gruppe *draußen* festzunehmen, würde man im Schacht wichtiges Geheimmaterial vorfinden! Vielleicht konnte man dann sogar dem GRU, dem sowjetischen Militärgeheimdienst, falsche Nachrichten übermitteln!

Die beiden Gehilfen kamen zurück und verschwanden in dem Schacht, über dem der Rosenstrauch sich schloß. Der Chef mit seiner Maschine wartete jetzt wohl im Gebüsch des Straßenrands. Bond sah auf die Uhr: na klar! Sechs Uhr fünfundfünfzig! Er wartete auf den Meldefahrer. Entweder wußte er nicht, daß der nur einmal in der Woche fuhr, oder — was wahrscheinlicher war — er nahm an, SHAPE habe nach dem Mord den Turnus geändert. Gründliche Burschen! Wahrscheinlich hatten sie Auftrag, so viel als möglich *vor* dem Sommer zu erledigen, bevor noch die Ausflügler den Wald unsicher machten. Dann würde die Gruppe abgezogen werden und erst im Winter wiederkommen. Aber was immer sie auf lange Sicht vorhatten — im Augenblick war der nächste Mord fällig.

Die Minuten verstrichen. Um sieben Uhr zehn erschien der Anführer wieder. Im Schatten eines großen Baumes blieb er stehen und stieß einen kurzen, hohen Signalpfiff aus. Der Rosenstrauch öffnete sich, die beiden Gehilfen erschienen wieder und folgten dem Mann unter die Bäume. Nach zwei Minuten waren sie mit dem Motorrad wieder zurück. Noch ein sorgsamer Rundblick nach etwa hinterlassenen Spuren — dann lag die Lichtung still wie zuvor.

Nach einer weiteren Stunde — die hochstehende Sonne warf schon stärkere Schatten — glitt Bond leise von seinem Ast herab, ließ sich sanft auf das Moos hinter den Brombeeren fallen und verschwand im Wald.

Das übliche Abendtelefonat mit Mary Ann Russell nahm eine stürmische Wendung. Sie sagte: »Sie sind verrückt! Ich lasse Sie das nicht tun! Ich werde unseren Chef bei Oberst Schreiber anrufen lassen, er soll ihm das Ganze durchgeben. Das ist eine SHAPE-Sache und nicht die Ihre!«

Bond erwiderte scharf. »Auf keinen Fall werden Sie das tun!« sagte er. »Oberst Schreiber ist absolut damit einverstanden, daß ich morgen früh statt des Meldefahrers vom Dienst eine Scheinfahrt mache. Mehr braucht er derzeit noch nicht zu wissen. Eine Art Rekonstruktion des Verbrechens eben. Ihm ist's ohnehin egal, denn über dieser Sache sind die Akten bereits geschlossen. Also seien Sie lieb und tun Sie, was man Ihnen sagt! Geben Sie meinen Bericht per Fernschreiber unverzüglich an M durch. *Er* wird einsehen, warum ich die Sache klarstellen muß, und nichts dagegen haben.«

»Zum Teufel mit diesem M! Zum Teufel mit Ihnen und dem ganzen blödsinnigen Geheimdienst!« Zornestränen erstickten ihre Stimme. »Nichts als ein Haufen Lausbuben seid ihr, die Indianer spielen! Diese Leute allein auf sich zu nehmen! Das ist Angabe, nichts als Angeberei ist das!«

Jetzt begann auch Bond sich zu ärgern. »Jetzt ist aber Schluß, Mary Ann! Geben Sie meinen Bericht in den Fernschreiber! Tut mir leid, aber das ist ein Befehl!«

»Ja, ist schon gut«, kam es resigniert zurück, »Sie brauchen nicht gleich Ihren Dienstgrad herauszukehren. Kommen Sie nur nicht zu Schaden — na, übrigens können ja die Burschen von der Station hinterher Ihre Überreste einsammeln. Alles Gute also!«

»Vielen Dank, Mary Ann! Und wollen Sie morgen mit mir dinieren? In irgendeinem Lokal wie dem Armenonville? Mit rotem Champagner und Zigeunermusik! Nach der ›Frühling-in-Paris‹-Masche?«

»Ja«, sagte sie ernsthaft. »Sehr gern. Aber um so mehr müssen Sie auf sich achtgeben. Werden Sie — bitte?«

»Aber natürlich werd' ich! Keine Sorge. Gute Nacht!«

»Nacht.«

Den Rest des Abends verbrachte Bond damit, seinen Plan bis ins einzelne auszuarbeiten und seine vier Mann noch ein letztes Mal zu instruieren.

Wieder war es ein schöner Tag. Bequem saß Bond auf der vibrierenden BSA, fertig zur Abfahrt. Kaum konnte er an den Hinterhalt glauben, der ihn gleich jenseits des *Carrefour Royal* erwartete. Während der Korporal vom Nachrichtenkorps ihm die leere Meldertasche aushändigte und sich anschickte, das Startzeichen zu geben, sagte er: »Sie sehen aus, als wären Sie schon immer im Königlichen Korps gewesen. Zeit für einen Haarschnitt, würd' ich sagen, aber die Uniform sitzt wie angegossen. Wie gefällt Ihnen die Maschine, Sir?«

»Geht traumhaft. Wußte gar nicht mehr, wieviel Spaß die Dinger machen!«

»Trotzdem, ein kleiner Austin A 40 ist mir jederzeit lieber, Sir.« Der Korporal sah auf die Uhr. »Gleich sieben durch!« Er hielt den Daumen hoch. »Okay!«

Bond schob sich die Schutzbrille zurecht, hob grüßend die Hand, trat die Maschine an und staubte über den Kies zum Haupttor hinaus.

Über die 184 zur 307, durch Bailly und Noisy-le-Roi! Jetzt kam das Stück nach St. Nom, da mußte er scharf nach rechts abbiegen auf die D 98, die »Mordstraße«, wie der Hundeführer sie genannt hatte. Bond fuhr auf den Grasstreifen und kontrollierte nochmals den langläufigen 45er-Colt. Er verstaute die körperwarme Waffe wieder an der Brust und ließ den Knopf offen. Auf die Plätze! Fertig ...!

Bond nahm die scharfe Kurve und ging auf achtzig hinauf. Jetzt kam der Autobahnviadukt! Sein schwarzes Maul schluckte ihn ein. Der Auspufflärm war enorm. Sekundenlang umwehte Bond der feuchtwarme Tunnelgeruch, dann war er durch und brauste im Sonnenschein über das *Carrefour Royal*. Vor ihm glänzte auf drei Kilometer der geölte Makadam schnurgerade durch den Zauberwald, und es roch angenehm nach Blättern und Tau. Bond ging auf siebzig herunter. Der Rückspiegel zu seiner Linken vibrierte leicht und zeigte das verkehrt abrollende leere Straßenband zwischen dem grün aufschäumenden Kielwasser aus wegströmenden Baumreihen. Von dem Mörder keine Spur. Hatte er Angst bekommen? Hatte es eine Störung gegeben? Aber dann erschien ein kleiner schwarzer Punkt in der Spiegelmitte — zuerst eine Mücke nur, aus der nach und nach eine Fliege wurde, dann eine Biene, dann ein Käfer! Bald war es ein tief über die Lenkstange gebeugter Sturzhelm zwischen zwei großen schwarzen Pranken. Gott, kam der schnell heran! Bonds Augen gingen zwischen der Straße und ihrem Spiegelbild hin und her. Jetzt griff der Mörder nach der Pistole ...!

Bond ging herunter — fünfzig, vierzig, fünfunddreißig. Die Fahrbahn war glatt wie Metall. Ein letzter Blick in den Spiegel: die rechte Hand hatte die Lenkung losgelassen, und die Sonnenspiegelung setzte dem Mann da hinten plötzlich Feueraugen unter den Sturzhelm. *Jetzt!* Bond bremste scharf und ließ die BSA schräg wegschleudern. Gleichzeitig stellte er den Motor ab. Aber er war mit dem Ziehen nicht schnell genug! Zweimal flammte es aus der Pistole des Mörders, und ein Geschoß schlug neben Bonds Schenkel in die Sattelfederung. Dann aber sprach der Colt nur einmal, und es war, als hätte jemand den Mörder samt seiner Maschine mit dem Lasso von der Straße gerissen. Quer über den Graben krachten Mann und Maschine kopfüber gegen den Stamm einer Buche. Sekundenlang klebte das Gewirr aus Gliedmaßen und Metall an dem breiten Stamm, dann stürzte es unter metallischem Todesröcheln rücklings ins Gras.

Bond stieg ab und trat zu dem häßlichen Knäuel aus Khaki und rauchenden Stahlteilen. Pulsfühlen war hier überflüssig: wo immer der Schuß auch getroffen hatte – der Sturzhelm war geborsten wie eine Eierschale. Bond wandte sich ab und steckte den Revolver in die Jacke. Er hatte Glück gehabt und wollte es nicht noch weiter herausfordern. So bestieg er seine BSA und fuhr die Richtung wieder zurück, aus der er gekommen war.

Nachdem er die Maschine an einen der zernarbten Stämme gelehnt hatte, schlich er zum Rande der Lichtung. Dort, im Schatten der großen Buche, befeuchtete er die Lippen und ahmte den Vogelpfiff des Mörders nach. Er wartete. Hatte er's nicht getroffen? Aber da begann der Strauch zu beben, und der hohe, dünne Maschinenton erklang. Bond hakte seinen rechten Daumen knapp neben dem Revolvergriff in den Gürtel. Er hoffte, nicht nochmals töten zu müssen, denn die beiden Gehilfen waren anscheinend nicht bewaffnet gewesen. Bei einigem Glück würden sie nahe genug herankommen.

Jetzt waren die Kuppeltüren offen. Von seinem Standpunkt aus konnte Bond den Schacht nicht einsehen, aber schon war der erste Mann draußen und legte seine Schneeschuhe an. Die Schneeschuhe! Bonds Herzschlag stockte: *die* hatte er vergessen! Sie mußten dort hinten im Gebüsch versteckt sein. Idiotisch! Ob die beiden es merken würden?

Langsam kamen sie auf ihn zu, vorsichtig die Füße setzend. Als sie auf sechs Meter heran waren, sagte der erste etwas. Es klang wie Russisch. Als Bond die Antwort schuldig blieb, verhielten beide und starrten ihn erstaunt an. Bond spürte die Gefahr, riß den Revolver heraus und ging in die Hocke. »Hände hoch!« Er machte eine Geste mit der Coltmündung. Der Vordermann rief einen Befehl und warf sich nach vorn.

57

Gleichzeitig rannte der andere zum Versteck zurück. Zwischen den Stämmen bellte ein Gewehrschuß, und das rechte Bein des Rennenden knickte kraftlos zusammen. Ein Mann von der Station verließ seine Deckung und rannte herzu. Bond ließ sich auf ein Knie nieder und stieß den Revolverlauf gegen den anprallenden Körper des ersten. Er traf, aber schon war der Mann über ihm. Bond sah Fingernägel gegen seine Augen stoßen, duckte ab und rannte in einen Uppercut. Eine Hand preßte sein rechtes Handgelenk zusammen und drehte es mit dem Revolver langsam gegen ihn. Da er nicht töten wollte, war die Waffe noch gesichert. Nun versuchte Bond, den Daumen an den Sicherungshebel zu kriegen, erhielt aber einen Tritt gegen die Schläfe. Er ließ den Revolver los und fiel zurück. Wie durch einen roten Nebel sah er die Revolvermündung sich gegen sein Gesicht richten.

Nun würde er sterben — sterben, weil er Mitleid gezeigt hatte . . .!

Aber plötzlich war die Mündung fort und kein Gewicht mehr auf ihm! Bond kam auf die Knie und richtete sich auf: Der neben ihm im Gras ausgespreizte Körper machte seinen letzten Fußstoß. Der Rücken des Overalls zeigte blutige Risse. Bond blickte um sich. Die vier Mann von der Station standen in einer Gruppe beisammen. Bond löste den Riemen seines Sturzhelms und rieb sich den schmerzenden Kopf. »Na also, besten Dank«, sagte er. »Wer hat's getan?«

Keiner antwortete. Die Männer sahen verlegen drein.

Erstaunt trat Bond auf sie zu. »Was ist denn los mit euch?«

Da bemerkte er eine Bewegung hinter den vieren. Ein Bein wurde sichtbar — ein Frauenbein. Bond lachte auf. Verlegen grinsend blickten die vier sich um. Mary Ann Russell, in braunem Hemd und schwarzen Hosen, die Hände hoch erhoben, kam von hinten heran. Sie hielt noch die 22er-Zielpistole, steckte sie aber weg, während sie auf Bond zutrat und ängstlich fragte: »Sie werden doch niemandem Vorwürfe machen, bitte? Ich wollte heute früh Ihre Leute um keinen Preis allein losziehen lassen!« Sie blickte Bond bittend an. »Es war wirklich ganz gut, daß ich mitkam — ich meine, ich war rein zufällig als erste heran. Keiner wollte schießen, aus Angst, Sie zu treffen.«

Bond lächelte ihr zu. »Wären Sie nicht gekommen, so könnte ich unsere Dinnerverabredung nicht einhalten.« Er wandte sich an die Männer, wurde dienstlich: »In Ordnung, Leute! Einer von euch nimmt das Motorrad und berichtet Oberst Schreiber das Wesentliche. Wir anderen warten auf seine Männer, bevor wir uns das Versteck ansehen. Und er möchte doch zwei Anti-Sabotageleute mitschicken, vielleicht ist die Bude vermint, ja?«

Dann faßte er das Mädchen am Arm und sagte: »Und jetzt kommst du mit. Ich möchte dir ein Vogelnest zeigen.«

»Ist das ein Befehl?«

»Ja.«

Globus — meistbietend zu versteigern

Das rote Telefon zerriß mit seinem Schrillen die Langeweile eines knallheißen Junitages mitten in der Saure-Gurken-Zeit. James Bond zuckte unter dem unerwarteten Geräusch zusammen und griff in einer Reflexbewegung zur linken Achsel, wo sonst sein Pistolenhalfter steckte.

Sein Jackett hatte er einfach auf den Boden geworfen. Warum sollte er auch das Ding über die Stuhllehne hängen, wenn doch keine Arbeit in Sicht war?

Überall auf der Welt herrschte Ruhe, und was auf seinen Schreibtisch kam, waren reine Routineangelegenheiten. Aus den täglichen Geheiminformationen gähnte ihm dieselbe Langeweile entgegen wie aus den Zeitungen, die mangels besseren Lesestoffs lokale Skandalgeschichten ausgruben. Sowohl die SITREP-Mappe mit dem Stempel »TOP SECRET« wie auch die Zeitungen werden ja erst durch Skandale lesbar.

James Bond haßte nichts so sehr wie diesen Leerlauf. Vor ihm lag ein unlesbarer Bericht der wissenschaftlichen Abteilung über eine Neuentwicklung der Russen — ein Zyanidgas, das sich aus einer simplen Wasserpistole für Kinder versprühen ließ. Ein Schuß ins Gesicht aus fünfundzwanzig Schritt Entfernung wirkte angeblich auf der Stelle. Die Symptome waren von denen eines tödlichen Herzschlags nicht zu unterscheiden.

Das zweite Schrillen des roten Telefons brachte James Bond endgültig in die Gegenwart zurück. Er verzog den Mund, weil ihm seine Fehlreaktion bewußt wurde, und griff zum Hörer. »Sir?« — »Sir.« Nichts weiter.

Er stand auf und hob sein Jackett vom Boden auf. Nachdem er es übergestreift hatte, war er wieder im Dienst und hellwach — wie ein müder Seemann, der seine Mütze aufsetzt, bevor er auf die Kommandobrücke gerufen wird.

Er ging in den Vorraum und unterdrückte den Wunsch, Mary Goodnights goldblonde Dauerwellen ein bißchen zu zerzausen. »Mr. M«, sagte er.

Der teppichbelegte Flur führte an der benachbarten Nachrichtenabteilung vorbei. Durch die geschlossenen Türen hörte er gedämpft das aufgeregte Ticken und Summen. Dann trug ihn der Lift zum achten Stock hinauf.

Miß Moneypenny begrüßte ihn mit einem nichtssagenden Lächeln. Wenn sie etwas wußte, dann drückte sich das für gewöhnlich in ihrer Miene aus: Erregung, Neugier, manchmal auch Ermutigung oder Ärger, wenn ihn eine Zigarre erwartete. Also handelt es sich um eine langweilige Routinesache, dachte James Bond, öffnete die Tür zum Allerheiligsten ohne besonders hochgeschraubte Erwartungen.

Links von M saß ein Besucher, den James Bond nicht kannte. Der Mann blickte nur flüchtig auf, als Bond wie gewohnt vor dem mit rotem Leder bezogenen Schreibtisch Platz nahm.

M sagte förmlich: »Dr. Fanshawe — Sie kennen Commander Bond aus meiner Untersuchungsabteilung wahrscheinlich noch nicht.«

An derartige Untertreibungen war Bond gewöhnt. Er stand auf und streckte die Hand aus. Dr. Fanshawe erhob sich ebenfalls, berührte für einen kurzen Augenblick Bonds Hand und setzte sich hastig wieder hin, als hätte er glühende Kohlen angefaßt.

Falls er mich überhaupt wahrgenommen hat, dann muß sein Auge mit einer Blende von einer tausendstel Sekunde arbeiten, dachte Bond. Offensichtlich einer von den Experten, die sich mehr mit Zahlen, Fakten und Theorien als mit menschlichen Wesen befassen.

Es wäre James Bond lieber gewesen, wenn M ihn auf den Besuch kurz vorbereitet hätte. Diese etwas kindischen Überraschungseffekte mochte er nicht. Aber dann fiel ihm wieder ein, wie sehr er selbst sich vor zehn Minuten noch gelangweilt hatte. Er versetzte sich in M's Lage. Sicher hatte der Chef genauso unter der Junihitze und dem bedrückenden Leerlauf der Saure-Gurken-Zeit gelitten und hatte nun sein Vergnügen daran, diese ebenso unerwartete wie bescheidene Unterbrechung der Langeweile gründlich auszukosten.

Dr. Fanshawe war ein Mann in mittleren Jahren, rosig und wohlgenährt. Er kleidete sich nach der neukonservativen Mode — dunkelblaue Jacke mit Manschetten und vier Knöpfen, eine Perle in der teuren Seidenkrawatte, fleckenloser Edward-Kragen, Manschettenknöpfe aus antiken Münzen, Kneifer an einem dicken, schwarzen Band — und wirkte alles in allem ziemlich geckenhaft. Bond stufte ihn bei sich als Literaten ein; möglicherweise war er ein Zeitungskritiker, ein Junggeselle, vielleicht sogar einer mit homosexuellen Neigungen.

M erklärte: »Dr. Fanshawe ist eine bekannte Autorität für antiken Schmuck. Auf diesem Gebiet fungiert er auch als Berater für den Zoll und CID, aber das ist natürlich vertraulich. Unsere Kollegen von der Abteilung M I 5 haben ihn an uns verwiesen. Es handelt sich um unsere liebe Miß Freudenstein.«

Bond hob überrascht die Augenbrauen. Maria Freudenstein arbeitete als Agentin des KGB — des sowjetischen Staatssicherheitsdienstes — mitten im Herzen des britischen Geheimdienstes, und zwar in der Nachrichtenabteilung. Sie arbeitete in einer streng abgeschlossenen Abteilung mit dem »Purpur-Code«, der eigens für sie entwickelt worden war. Sechsmal täglich verschlüsselte und sendete sie umfangreiche Geheimberichte an den CIA in Washington. Diese SITREPS wurden in der für Doppelagenten zuständigen Abteilung 100 zusammengestellt und bildeten ein raffiniertes Gemisch von Tatsachen, harmlosen Enthüllungen und geschickt getarnten Falschmeldungen.

Maria Freudenstein war schon bei ihrem Eintritt in den Geheimdienst als russische Agentin bekannt. Man hatte zugelassen, daß sie den Code-Schlüssel entwendete, um den Russen vollen Zugang zu diesen SITREPS zu gewähren. So konnte man ihnen bei Bedarf immer wieder unauffällig falsche Informationen unterschieben. Das mußte natürlich äußerst vorsichtig geschehen, funktionierte aber schon seit drei Jahren reibungslos. Möglich, daß Maria Freudenstein hin und wieder auch Kantinenklatsch aufschnappte, aber das mußte man eben riskieren. Für ein echtes Sicherheitsrisiko, wie es

63

ein Verhältnis mit einem Geheimnisträger dargestellt hätte, war sie nicht attraktiv genug.

M wandte sich an Dr. Fanshawe: »Es wäre freundlich von Ihnen, Doktor, wenn Sie jetzt Commander Bond kurz unterrichten wollten.«

»Aber natürlich.« Dr. Fanshawe streifte Bond mit einem blitzschnellen Blick und schaute dann wieder seine Schuhspitzen an. »Das ist nämlich so — eh —, Commander: Sie haben sicher schon einmal den Namen Fabergé gehört. Ein berühmter russischer Juwelier.«

»Hat er nicht vor der Revolution die berühmten Ostereier für die Zarenfamilie gemacht?«

»Ja, das war eine seiner Spezialitäten. Aber er stellte noch viele andere Dinge her, die man ganz allgemein als Kunstwerke bezeichnen darf. Heute erbringen seine besten Stücke bei den Auktionen wahrhaft erstaunliche Preise — fünfzigtausend Pfund und mehr. Sein großartigstes Werk ist erst neulich nach England gekommen. Es handelt sich um den sogenannten Smaragd-Globus, ein einmaliges Kunstwerk, das bisher nur aus einer Handskizze des Meisters bekannt war. Es kam als Wertsendung aus Paris und war an die bewußte Miß Maria Freudenstein adressiert.«

»Hübsches kleines Geschenk! Darf ich fragen, wie Sie davon erfahren haben, Doktor?«

»Wie Ihr Chef Ihnen bereits sagte, arbeite ich als Sachverständiger für antike Schmuckstücke und ähnliche Kunstgegenstände bei der Zoll- und Finanzbehörde Ihrer Majestät. Die Wertangabe der Sendung lag mit hunderttausend Pfund ungewöhnlich hoch. Aufgrund einer Anweisung des Innenministeriums wurde das Paket so geöffnet, daß der Empfänger es später nicht feststellen konnte. Ich wurde gerufen, um den Wert zu taxieren. Natürlich erkannte ich den Smaragd-Globus auf den ersten Blick, da ich seine Skizze und Beschreibung in Kenneth Snowmans Standardwerk über Fabergé studiert hatte. Ich erklärte, daß der angegebene Wert eher noch bescheiden angesetzt sei. Besonders interessant fand ich eine der Sendung beigefügte Urkunde, die in russischer und französischer Sprache über die Herkunft des unschätzbaren Kunstwerkes Aufschluß gab.«

Dr. Fanshawe deutete auf eine Fotokopie, die vor M auf dem Schreibtisch lag. Sie enthielt eine Art von Stammbaum.

»Ich habe das Dokument kopiert und will Ihnen kurz den Inhalt wiedergeben: Der Smaragd-Globus wurde 1917 von Miß Freudensteins Großvater direkt bei Fabergé in Auftrag gegeben. Zweifellos wollte er einen Teil seiner Rubel in einem leicht transportablen Wertgegenstand anlegen. Bei seinem Tod im Jahre 1918 ging das Kunstwerk auf seinen Bruder über. 1950 erbte es Miß Freudensteins Mutter. Wie es scheint, hat sie Rußland schon als Kind verlassen und bei weißrussischen Emigranten in Paris gelebt. Sie blieb unverheiratet, bekam jedoch ein uneheliches Kind namens Maria. Offensichtlich ist die Mutter im vergangenen Jahr gestorben. Ein Freund oder Testamentsvollstrecker — das Dokument trägt keine Unterschrift — hat den Globus nun an die rechtmäßige Besitzerin, Miß Maria Freudenstein, gesandt. Für mich gab es keinen Grund, die junge Dame zu befragen, obgleich mein Interesse geweckt war, wie Sie sich vorstellen können. Aber da kündigte Sotheby vorigen Monat an, daß dieses Stück heute in einer Woche versteigert werden soll. Es wird als ›Juwel aus dem Privatbesitz einer Lady‹ bezeichnet. Im Auftrag des Britischen Museums und — eh — anderer interessierter Kreise zog ich diskret Erkundigungen ein und verabredete mich auch mit Miß Freudenstein. Sie hat mir ganz gelassen die Ursprungsgeschichte des Dokuments, so unwahrscheinlich sie auch klingen mag, bestätigt. Erst bei dieser Gelegenheit erfuhr ich, daß sie beim Verteidigungsministerium beschäftigt ist. Als mißtrauisch veranlagter Mann wurde ich stutzig — denn es war ja zumindest recht ungewöhnlich, daß eine Büroangestellte in untergeordneter Position, die doch vermutlich Zugang zu vertraulichen Informationen hat, plötzlich aus dem Ausland ein Geschenk im Wert von hunderttausend Pfund erhält. Ich sprach einen leitenden Beamten der Spionageabwehr, mit dem ich durch meine Gutachten für den Zoll bekannt bin, darauf an und wurde an Ihre — eh — Abteilung verwiesen. Das ist alles, was ich Ihnen darüber sagen kann, Commander.«

Dr. Fanshawe breitete beide Hände aus und streifte Bond mit einem flüchtigen Blick.

»Vielen Dank, Doktor«, sagte M. »Nur noch ein paar abschließende Fragen, dann werde ich Sie nicht länger aufhalten. Sie haben die Smaragdkugel geprüft und halten sie für echt?«

Dr. Fanshawe heftete den Blick auf einen Punkt oberhalb von M's linker Schulter. »Selbstverständlich. Auch Mr. Snowman von der Firma Wartski, einer der bedeutendsten Fabergé-Experten der Welt, hat das Stück untersucht und für echt befunden. Es handelt sich zweifellos um das verschollene Meisterwerk, das der Fachwelt bisher nur aus Fabergés Skizze bekannt war.«

»Und die Geschichte der Herkunft? Was meinen die Experten dazu?«

»Könnte durchaus authentisch sein. Fast alle Fabergé-Stücke waren Privataufträge. Miß Freudenstein gibt an, daß ihr Großvater vor der Revolution ein reicher Mann gewesen sei — ein Porzellanfabrikant. Neunundneunzig Prozent von Fabergés Werken haben den Weg ins Ausland gefunden. Nur wenige Stücke liegen noch im Kreml; sie werden als ›Vorrevolutionäre Beispiele russischer Juwelierkunst‹ bezeichnet. Die offizielle sowjetische Sprachregelung hat sie immer nur als ›kapitalistisches Spielzeug‹ betrachtet, genauso verachtenswert wie ihre ausgezeichnete Sammlung französischer Impressionisten.«

»Die Sowjets besitzen also immer noch einige Stücke von diesem Fabergé. Dann wäre es doch möglich, daß dieser Smaragdbrocken die ganzen Jahre über irgendwo im Kreml versteckt gelegen hat?«

»Durchaus. Der Kreml besitzt eine riesige Schatzkammer. Niemand weiß, was da alles verborgen ist. Sie zeigen der Öffentlichkeit nur das, was sie zeigen wollen.«

M sog an seiner Pfeife und betrachtete ihn durch den Rauch hindurch ohne sonderliches Interesse. »Theoretisch könnte es also sein, daß man diesen Smaragd irgendwo im Kreml ausgegraben, hinsichtlich der Besitzverhältnisse eine nette Geschichte erfunden und den Stein dann ins Ausland geschickt hat — als Belohnung für treue Dienste sozusagen?«

»Gewiß. Das wäre eine geniale Methode, wie man den Empfänger großzügig entlohnen kann, ohne ihn durch auffällige Einzahlungen auf ein Bankkonto irgendwelchem Verdacht auszusetzen.«

»Die eigentliche finanzielle Entschädigung hängt aber doch wohl von dem Preis ab, den ein solches Objekt erzielt — beispielsweise auf einer Auktion?«

»Genau.«

»Und was wird das Objekt nach Ihrer Meinung bei Sotheby erbringen?«

»Schwer zu sagen. Wartski wird wahrscheinlich sehr weit mitgehen. Sein Limit wird er aber niemandem mitteilen, ob er nun im eigenen Namen oder für einen Kunden steigert. Es wird davon abhängen, wie weit er von einem anderen ernsthaften Interessenten getrieben wird. Ich möchte trotzdem sagen, daß der Zuschlag nicht unter hunderttausend Pfund erfolgen dürfte.«

»Hm.« M verzog die Mundwinkel. »Ein teurer Steinbrocken.« Dieser Beweis offenkundigen Banausentums fuhr Dr. Fanshawe in die Knochen. Jetzt blickte er M direkt an.

»Aber, Sir!« rief er entgeistert. »Dann würden Sie etwa den gestohlenen Goya, den Sotheby für hundertvierzigtausend Pfund an die Nationalgalerie verkauft hat, als teuren Fetzen Leinwand bezeichnen — wie Sie das auszudrücken belieben?«

M lenkte ein: »Verzeihen Sie, Dr. Fanshawe, ich habe mich ungeschickt ausgedrückt. Ich hatte nie genug Zeit, um mich mit Kunst zu befassen. Mein Beamtengehalt gestattet es mir auch nicht, selbst Kunstwerke zu erwerben. Es ärgert mich nur, wenn ich sehe, wie heutzutage auf den Auktionen die Preise ins Phantastische klettern.«

»Jeder hat das Recht auf eine eigene Meinung, Sir«, sagte Dr. Fanshawe reserviert.

Bond fand, daß er seinem Chef jetzt beispringen sollte. Außerdem wollte er diesen Dr. Fanshawe loswerden, um in dieser seltsamen Angelegenheit endlich Nägel mit Köpfen zu machen. Er stand auf und sagte zu M: »Ich denke, Sir, daß damit alles klar wäre. Vermutlich ist alles vollkommen in Ordnung, und es wird sich lediglich herausstellen, daß eine unserer Kolleginnen unverschämtes Glück gehabt hat. Es war sehr freundlich von Dr. Fanshawe, daß er sich so viel Mühe gemacht hat.« Er wandte sich an den Besucher: »Dürfen wir Ihnen einen Dienstwagen zur Verfügung stellen, Sir?«

»Nein, nein, vielen Dank! Ich freue mich auf einen kleinen Spaziergang durch den Park.«

Nach kurzem Händeschütteln begleitete ihn Bond hinaus und kam dann wieder ins Büro zurück. M hatte eine dicke Mappe mit dem aufgestempelten roten Stern der höchsten Geheimhaltungsstufe aus einer Schublade genommen und sich in die Lektüre vertieft. Bond setzte sich und wartete. Abgesehen von dem Rascheln des Papiers war kein Geräusch zu hören. Auch das hörte auf, als M eine der blauen Karteikarten von der doppelten Größe eines Briefbogens hervorholte, wie sie für die vertraulichen Personalakten verwendet werden. Er studierte sorgfältig die beiden eng beschriebenen Seiten und schob die Karte wieder in die Mappe.

»Ja — es paßt alles zusammen«, sagte er. Seine blauen Augen blitzten angeregt. »Das Mädchen wurde 1935 in Paris geboren. Die Mutter war während des Krieges aktive Widerstandskämpferin, half den Flüchtlingen auf der sogenannten ›Tulpen-Route‹ und wurde nicht erwischt. Nach dem Krieg studierte das Mädchen an der Sorbonne und bekam eine Stellung als Dolmetscherin beim Marine-Attaché unserer Botschaft. Alles übrige wissen Sie. Einige alte Freunde ihrer Mutter, die inzwischen zum NKWD übergewechselt waren, haben sie unter Druck gesetzt — es ging um irgendeine unerquickliche Liebesaffäre. Sie hat sich um die britische Staatsbürgerschaft beworben, zweifellos auf Anweisung dieser Leute. Aufgrund einer Empfehlung der Botschaft und der

Widerstandsarbeit ihrer Mutter hat sie die Staatsbürgerschaft 1959 auch bekommen. Das Außenministerium empfahl sie an uns weiter, aber da beging sie ihren entscheidenden Fehler: Sie bat um ein Jahr Urlaub; das nächste, was wir über sie hörten, war ein Hutchinson-Bericht, nachdem sie sich in der Leningrader Spionageschule aufhielt. Es war uns klar, daß sie dort die übliche Ausbildung erhielt. Wir mußten uns überlegen, was wir mit ihr anfangen sollten. Der Abteilung 100 ist die Sache mit dem ›Purpur-Code‹ eingefallen. Alles übrige wissen Sie. Drei Jahre lang hat sie hier im Geheimdienst für den NKWD gearbeitet, und nun soll sie ihr Honorar dafür erhalten — diesen Smaragdklumpen im Wert von hunderttausend Pfund. Dieser Schritt ist für uns in doppelter Hinsicht interessant. Erstens scheint das KGB von der Echtheit der von ihr übermittelten Geheiminformationen überzeugt zu sein; denn sonst würden sie doch nicht ein so phantastisches Honorar bezahlen. Das ist eine erfreuliche Bestätigung, denn nun können wir zu heißerem Spielmaterial der Stufe 3 und allmählich sogar zu Stufe 2 übergehen. Zweitens beseitigt diese Zahlung alle Unklarheiten, weil wir bisher nie ganz verstehen konnten, warum das Mädchen für die geleisteten Dienste nie entlohnt wurde. Sie hatte ein Konto bei der Bank Glyn & Mills, auf dem aber nur die monatlichen Gehaltszahlungen von etwa fünfzig Pfund auftauchten. Mit dieser Summe ist sie immer ausgekommen. Jetzt erhält sie ihr Honorar in einer einzigen großen Pauschalsumme, nämlich mit diesem Smaragdspielzeug. Sehr beruhigend!«

M klopfte seine Pfeife mit zufriedener Miene in dem Aschenbecher aus, der aus dem unteren Teil einer Zwölf-Zoll-Granatenhülse geschnitten war.

Bond rutschte auf seinem Stuhl unruhig hin und her. Er lechzte nach einer Zigarette, hätte aber nie gewagt, sich in Gegenwart des Chefs eine anzustecken. Eine Zigarette hätte jetzt klärend auf seine Gedanken gewirkt. Er spürte nämlich, daß die Geschichte ein paar Haken hatte, darunter einen ganz dicken.

»Haben wir eigentlich nie ihre hiesigen Verbindungsleute entdeckt, Sir?« fragte er leise. »Woher bekommt sie ihre Instruktionen?«

»Sie braucht doch keine Instruktionen«, antwortete M ein wenig ungeduldig. Er beschäftigte sich mit seiner Pfeife. »Nachdem sie den ›Purpur-Code‹ in der Hand hatte, brauchte sie nur noch dafür zu sorgen, daß sie ihren Job behielt. Zum Teufel — das Zeug fällt ihnen doch sechsmal am Tag in den Schoß! Welche Instruktionen wären da noch nötig? Ich bezweifle sogar, daß die Londoner KGB-Leute etwas über ihre Existenz wissen; vielleicht ist der Chef der hiesigen Spionagegruppe unterrichtet, aber den kennen wir leider nicht. Ich gäbe viel darum, ihn kennenzulernen.«

Plötzlich kam Bond die Erleuchtung. Es war, als hätte in seinem Kopf ein Projektor zu surren begonnen, der ein klares, deutliches Bild warf.

»Vielleicht erfahren wir durch die Versteigerung bei Sotheby, wer dieser Mann ist, Sir.«

»Wovon reden Sie eigentlich, 007? Das müssen Sie mir schon genauer erklären!«

Bond war seiner Sache jetzt ganz sicher.

»Sir, Sie erinnern sich doch an das, was Dr. Fanshawe gesagt hat: Daß jemand versuchen könnte, die Preise auf der Auktion künstlich hochzutreiben. Wenn es stimmt, daß die Russen Fabergé nicht sonderlich schätzen, dann dürften sie auch keine sehr klare Vorstellung davon haben, was das Ding wert ist. Der KGB wird ohnehin nichts davon verstehen. Vielleicht haben sie den Smaragd nur auf einen Bruchteil seines wirklichen Wertes veranschlagt — sagen wir, zehn- oder zwanzigtausend Pfund. Eine Summe in dieser Größenordnung klingt als Honorar schon vernünftiger als das kleine Vermögen, von dem Dr. Fanshawe sprach. Wenn nun der hiesige Agentenchef der einzige ist, der etwas über Maria Freudensteins Tätigkeit weiß, dann ist er auch über die Art der Honorierung unterrichtet. Er wird also mitbieten und versuchen, bei Sotheby den Preis hochzutreiben, da bin ich ganz sicher. Das gibt uns eine Möglichkeit, ihn zu identifizieren und abschieben zu lassen. Er wird nicht einmal wissen, wie ihm geschieht, und der KGB wird auch nicht draufkommen. Wenn ich zu der Versteigerung gehe, ihn ausfindig mache und fotografieren lasse, dazu das Versteigerungsprotokoll vorlege, dann dürfte das Außenministerium ihn innerhalb einer Woche zur *persona non grata* erklären. Agentenchefs wachsen nicht gerade auf den Bäumen. Der KGB wird Monate brauchen, um einen geeigneten Nachfolger zu finden.«

»Da ist vielleicht etwas dran«, murmelte M nachdenklich. Er drehte seinen Sessel herum und blickte hinaus auf die ausgezackte Silhouette von London. Schließlich sagte er, ohne Bond dabei anzusehen: »In Ordnung, 007. Sprechen Sie mit dem Personalchef und bereiten Sie alles vor. Ich stimme mich mit M. I. 5 ab. Das ist zwar deren Gebiet, aber unser Vögelchen, und sie werden keine Schwierigkeiten machen. Aber lassen Sie sich nicht dazu hinreißen, für den Kram mitzubieten, so viel Geld hab ich nicht übrig.«

»Nein, Sir«, versprach Bond, stand auf und ging, bevor der Chef seine Meinung vielleicht noch änderte. Er kam sich sehr scharfsinnig vor und wollte sich selber beweisen, ob er recht hatte.

Die Ladenfront von Wartski in der Regent Street 138 wirkte bescheiden und ultramodern. Das Schaufenster war sehr dezent mit nur wenigen modernen und antiken Schmuckstücken dekoriert. Nichts deutete darauf hin, daß sich hinter dieser Fassade der größte Fabergé-Händler der Welt verbarg.

Dem Verkaufsraum selbst fehlte der erregende Glanz von Cartier, Boucheron oder Van Cleef — schlichter, grauer Teppich, Wandtäfelung aus Sykomore, einige unauffällige Vitrinen —, aber die eingerahmten Ladungen zu Hofe, unterschrieben von Queen Mary, der Königinmutter, der Königin, König Paul von Griechenland und König Frederick IX. von Dänemark machten deutlich, daß es sich nicht um einen gewöhnlichen Feld-, Wald- und Wiesenjuwelier handelte.

Im Hintergrund saß eine Gruppe von Herren beisammen. Als James Bond nach Mr. Kenneth Snowman fragte, erhob sich ein gut aussehender, äußerst korrekt gekleideter Vierziger und kam auf ihn zu.

»Ich komme vom CID«, erklärte Bond leise. »Kann ich Sie für ein paar Minuten sprechen? Ich bin James Bond. Falls Sie sich über meine Person vergewissern wollen, müßten Sie sich schon an Sir Ronald Vallance oder seinen Privatsekretär wenden. Mit Scotland Yard habe ich nicht direkt zu tun, es handelt sich mehr um eine Art von Sonderauftrag.«

Die klugen, wachsamen Augen musterten ihn nicht einmal besonders eingehend. Der Mann lächelte. »Bitte, bemühen Sie sich doch mit nach unten. Wir haben gerade eine Besprechung mit einigen amerikanischen Freunden, die unsere Belange drüben wahrnehmen. Sie kommen vom ›Old Russia‹ auf der Fifth Avenue.«

»Das Geschäft kenne ich. Es hängt voller kostbarer Ikonen und so weiter, nicht weit vom Pierre.«

»Stimmt«, sagte Snowman in einem Ton, als hege er keinen Zweifel an Bonds Identität. Er führte ihn über eine schmale, mit dickem Teppich belegte Treppe in einen glitzernden Ausstellungsraum, der wohl die eigentliche Schatzkammer darstellte. Aus den beleuchteten Glasvitrinen an den Wänden funkelte es von Gold, Diamanten und anderen Steinen.

»Nehmen Sie Platz. Zigarette?«

Bond zündete sich eine seiner eigenen Zigaretten an. »Es handelt sich um das Stück von Fabergé, das morgen bei Sotheby zur Auktion gelangt — den Smaragd-Globus.«

»Oh — ja!« Snowman runzelte besorgt die Stirn. »Hoffentlich gibt's dabei keine Schwierigkeiten?«

»Von uns aus nicht. Wir interessieren uns nur für die Auktion selbst. Wir kennen die Besitzerin, Miß Maria Freudenstein, und fürchten, daß der Preis künstlich hochgetrieben werden könnte. Genauer gesagt: Wir interessieren uns für den Mann, der das eventuell versuchen wird — das heißt, falls Ihre Firma sozusagen als Hauptinteressent auftreten wird.«

»Nun — wir werden uns gewiß um das Stück bemühen«, sagte Snowman vorsichtig. »Es dürfte einen ungewöhnlichen Preis erzielen. Unter uns: Wahrscheinlich werden auch V & A und das Metropolitan-Museum in New York mitbieten. Sind Sie hinter einem Schwindler her? Dann kann ich Sie beruhigen — in dieser Größenordnung gibt es keine krumme Tour mehr.«

»Nein, wir suchen keinen Schwindler«, antwortete Bond und überlegte, wieweit er diesen Mann einweihen durfte. Menschen, die ihre eigenen Geschäfte streng vertraulich behandeln, tun das nicht immer mit denen anderer Leute.

Bond nahm eine Plakette aus Holz und Elfenbein, die auf dem Tisch lag, in die Hand und las die Inschrift:

Es taugt nichts, es taugt nichts, sagt der Käufer,
doch wenn er seines Weges geht, dann rühmt er sich.

(Sprüche 20; 14)

Bond lächelte amüsiert. »Aus diesem Vers kann man die ganze Geschichte der Basars, der Händler und Kunden herauslesen!« Er blickte Snowman gerade ins Gesicht. »In meinem Fall brauche ich eine gute Spürnase und wirkliche Intuition. Wollen Sie mir helfen?«

»Natürlich — wenn Sie mir sagen, wie ich Ihnen helfen kann.« Er machte eine Handbewegung. »Wenn Sie sich wegen der Geheimhaltung Gedanken machen sollten — keine Sorge, Juweliere sind an so etwas gewöhnt. Scotland Yard wird mir in dieser Hinsicht wahrscheinlich ein einwandfreies Leumundszeugnis ausstellen. Im Laufe der Jahre haben wir weiß Gott genug mit dem Yard zu tun gehabt.«

»Und wenn ich Ihnen nun sage, daß ich vom Verteidigungsministerium komme?«

»Das ist dasselbe, Sie können sich absolut auf meine Verschwiegenheit verlassen.«

Bond entschloß sich, die Karten auf den Tisch zu legen.

»Na schön — aber das alles fällt natürlich unter die Geheimhaltungsvorschriften. Wir vermuten, daß Ihr härtester Konkurrent bei der Versteigerung ein sowjetischer Agent sein könnte. Meine Aufgabe ist es, ihn ausfindig zu machen. Ich fürchte, mehr kann ich Ihnen nicht sagen; eigentlich brauchen Sie auch nicht mehr zu wissen. Ich möchte Sie nur bitten, daß Sie mich morgen zu Sotheby mitnehmen und mir helfen, den Mann herauszufinden. Ein Orden ist dabei nicht zu verdienen, fürchte ich, aber wir wären Ihnen außerordentlich dankbar.«

Kenneth Snowmans Augen glitzerten vor Begeisterung.

»Selbstverständlich helfe ich Ihnen gern, soweit ich es kann. Allerdings muß ich Ihnen gleich sagen, daß es wahrscheinlich nicht so einfach sein wird; denn wenn der Betreffende unerkannt bleiben will, wäre Peter Wilson, der Geschäftsführer von Sotheby, der einzige, der uns eine verbindliche Auskunft geben könnte. Es gibt Dutzende von Möglichkeiten, ein Gebot abzugeben, ohne eine Bewegung zu machen, aber wenn der Bieter vor der Auktion mit Peter Wilson sozusagen seinen Geheimcode vereinbart, dann wird Peter natürlich keinen Menschen einweihen. Er würde ja sonst seinen Kunden bloßstellen, der sein Limit nicht mehr geheimhalten könnte. Das aber ist, wie Sie sich vorstellen können, in der Auktionshalle ein sorgsam gehütetes Geheimnis. Wenn Sie mit mir kommen, wird er es Ihnen schon gar nicht sagen.«

Er überlegte eine Weile und erklärte Bond dann den Vorgang:

»Ich werde wahrscheinlich das Tempo bestimmen. Ich weiß genau, wie weit ich gehen kann — für einen Kunden übrigens —, aber für mich wäre es wesentlich einfacher, wenn ich etwas über das Limit meines Mitbewerbers wüßte. Was Sie mir gesagt haben, war schon viel wert. Ich werde meinen Kunden darauf vorbereiten, daß er unter Umständen auf einen noch höheren Preis gefaßt sein muß. Sollte Ihr Freund starke Nerven besitzen, dann kann er mir wirklich hart zusetzen. Natürlich werden noch andere mitbieten — es verspricht ein spannender Abend zu werden. Die Auktion wird vom Fernsehen übertragen, und es sind eine Menge Millionäre, Herzöge und Herzoginnen eingeladen. Sotheby versteht sich recht gut auf solche Galaveranstaltungen, die natürlich eine großartige Werbung darstellen. Du liebe Zeit, wenn die wüßten, daß bei der Auktion auch noch ein kriminalistisches Element hereinspielt — das gäbe eine Aufregung! Ist sonst noch etwas zu besprechen? Oder geht es nur darum, den Mann zu erkennen?«

»Nur darum. Was schätzen Sie, für welchen Preis die Smaragdkugel zugeschlagen wird?«

Snowman tippte sich mit dem goldenen Drehstift gegen die Zähne. »Darüber darf ich natürlich nichts sagen. Ich kenne mein Limit, aber dieses Geschäftsgeheimnis meines Kunden muß ich wahren.« Er zögerte und meinte dann: »Drücken wir es so aus: Wir wären erstaunt, wenn der Zuschlag unter hunderttausend Pfund erfolgte.«

»Aha — und wie komme ich in die Auktionshallen hinein?«

Snowman zückte eine elegante Brieftasche aus Krokodilleder und entnahm ihr zwei gravierte Kärtchen. Eins davon überreichte er Bond.

»Das ist die Eintrittskarte meiner Frau. Ich werde für sie schon einen anderen Platz bekommen. Wir haben B 5 und B 6, das sind gute Plätze im vorderen Mittelteil.«

Bond las auf der Karte:

Sotheby & Co.
Auktion
Eine Sammlung herrlicher Juwelen und
ein einmaliges Meisterwerk von Carl Fabergé
aus dem Privatbesitz einer Lady.

Zutritt für eine Person zum Haupt-Auktions-Saal
Dienstag, 20. Juni, pünktlich um 21.30 Uhr
EINGANG ST. GEORGE STREET

Snowman erklärte: »Es ist nicht mehr der alte georgianische Eingang von der Bond Street. Seit dort eine Einbahnstraße ist,

75

hat man am rückwärtigen Eingang ein Vordach gebaut und einen roten Teppich ausgerollt.« Er erhob sich. »Möchten Sie vielleicht ein paar Stücke von Fabergé sehen? Wir besitzen einige seiner Werke, die mein Vater 1927 vom Kreml erworben hat. Sie werden dann eher begreifen, warum so ein Wirbel gemacht wird. Natürlich ist der Smaragd-Globus ungleich kostbarer als alles andere, was ich Ihnen zeigen kann, abgesehen von den Ostereiern der Zarenfamilie.«

Als James Bond später aus der märchenhaften Schatzkammer unter der Regent Street ans helle Tageslicht zurückkehrte, war er benommen vom Gefunkel der Diamanten, den verschiedenen warmen Goldtönen und dem seidigen Schimmer durchscheinender Emailglasuren.

Er verbrachte den Rest des Tages in den tristen Büros in der Nähe von Whitehall und bereitete bis ins letzte Detail eine fast unlösbare Aufgabe vor: Er mußte in einer überfüllten Auktionshalle einen Mann identifizieren und fotografieren, der bis jetzt noch kein Gesicht hatte, der aber mit Sicherheit der sowjetische Chefagent in London war.

Im Laufe des folgenden Tages nahm Bonds Erregung ständig zu. Unter einem Vorwand ging er hinüber in die Nachrichtenabteilung und betrat das kleine Büro, in dem Maria Freudenstein und zwei Assistentinnen die ausgehenden Nachrichten mit dem »Purpur-Code« verschlüsselten. Da er Zugang zum größten Teil des Materials hatte, hob er die Klartext-Mappe auf und überflog die sorgfältig bearbeiteten Meldungen, die schon in einer halben Stunde von irgendeinem kleinen CIA-Beamten in Washington ungelesen abgelegt und zur gleichen Zeit in Moskau ehrerbietig einem Spitzenfunktionär des KGB vorgelegt werden würden. Er wechselte mit den beiden Mädchen ein paar scherzhafte Worte, aber Maria Freudenstein blickte nur mit flüchtigem Lächeln von ihrer Chiffriermaschine auf.

Beim Gedanken an die Nähe des Verrats und das schwarze, tödliche Geheimnis in der Brust dieses Mädchens schauderte es

Bond. Sie war wenig anziehend: bleich, pickelige Haut, schwarzes Haar und ziemlich ungepflegt. Eine solche Frau wird nicht geliebt, sie hat wenig Freunde — schon in Anbetracht ihrer unehelichen Herkunft —, und so entwickelt sich der Groll gegen die Gesellschaft. Ihre einzige Freude im Leben war vielleicht das geheime, triumphierende Bewußtsein, daß sie klüger war als alle anderen und daß sie der Welt, die sie verachtete oder einfach ignorierte, täglich einen gewaltigen Schlag mitten ins Gesicht versetzte. Ihr werdet euch schon noch wundern! Eine weitverbreitete Neurose — die Rache des häßlichen Entleins an der Gesellschaft.

Bond kehrte in sein Büro zurück. Heute abend wartete ein Vermögen auf dieses Mädchen — die dreißig Silberlinge mit tausendfachen Zinsen. Vielleicht veränderte das Geld ihren Charakter und machte sie froher. Sie konnte sich dann die besten Schönheitssalons, die teuersten Kleider und eine hübsche Wohnung leisten. Aber M hatte schon angekündigt, daß er die Aktion »Purpur-Code« anheizen und ein wirklich heißes Eisen daraus machen wollte. Ein kleiner Fehler, eine unvorsichtige Lüge, eine einzige nachprüfbare Falschmeldung, und der KGB würde Unrat wittern. Beim zweiten Fehler mußte ihnen klarwerden, daß sie getäuscht wurden und höchstwahrscheinlich seit drei Jahren gewaltig an der Nase herumgeführt worden waren. Eine derartige Blamage würde zu einem sofortigen Gegenschlag führen. Man würde annehmen, daß Maria Freudenstein eine Doppelagentin war, die sowohl für die Briten wie für die Russen arbeitete. Man würde sie unweigerlich und auf schnellstem Wege liquidieren — vielleicht mit einer jener zyanidgefüllten Spielzeugpistolen, über die Bond erst kürzlich gelesen hatte.

James Bond blickte aus seinem Fenster über die Bäume des Regent Park hinweg. Er zuckte die Achseln. Das ging ihn Gott sei Dank nichts an. Mit dem Schicksal des Mädchens hatte er nichts zu tun. Sie hatte sich in die gnadenlose Maschinerie der Spionage verwickeln lassen und mußte froh sein, wenn sie lange genug am Leben blieb, um noch ein Zehntel des Vermö-

gens ausgeben zu können, das heute abend in den Auktionshallen auf sie wartete.

Eine Wagenschlange blockierte Sothebys Hintereingang in der
George Street. Bond entlohnte sein Taxi und schob sich zusammen mit den anderen durch den überdachten Eingang und
die Treppen hinauf. Ein livrierter Angestellter prüfte seine
Eintrittskarte und reichte ihm einen Katalog. Dann ließ sich
Bond von den erregten Vertretern der oberen Zehntausend in
den schon überfüllten Auktionsraum schieben. Er setzte sich
neben Snowman, der seine Umgebung genau musterte und
dabei Ziffern auf einen Block kritzelte.
Die Halle hatte eine hohe Decke und die Größe eines Tennis-
platzes. Sie wirkte altmodisch und roch auch so. Das Licht
zweier alter Kandelaber mischte sich mit dem kalten Schein der
Leuchtstoffröhren an der Glasdecke, die von der Nachmittags-
Auktion her noch zur Hälfte mit einem Sonnenschutz bedeckt
war. An den olivgrünen Wänden hingen Bilder und Wand-
teppiche. Mitten aus einer gigantischen Jagdszene ragte die
Plattform für die Fernseh- und Kameraleute, unter denen sich
auch ein Mann von der Abteilung M. I. 5 mit einem Presseaus-
weis der *Sunday Times* befand. Etwa einhundert Händler und
Zuschauer saßen gespannt auf kleinen vergoldeten Stühlen.
Aller Augen waren auf den schlanken, gutaussehenden Auktionator gerichtet, der mit gedämpfter Stimme von seinem er-
höht stehenden Pult sprach. Er trug ein tadelloses Dinner-
jackett mit einer roten Nelke im Knopfloch und verzichtete auf
Gesten und Pathos.
»Fünfzehntausend Pfund. Und sechzehn.« Pause. Ein rascher
Blick auf jemanden in der ersten Reihe. »Gegen Sie, Sir.« Ein
Katalog wurde kurz hochgehoben. »Siebzehntausend Pfund
werden geboten. Achtzehn. Neunzehn. Zwanzig hier.« So ging
es weiter, ruhig, ohne Erregung, während die Bieter ebenso gelassen die Litanei durch kleine Gesten dirigierten.
»Wie weit sind wir eigentlich?« fragte Bond und schlug den
Katalog auf.

»Nummer 40 — die Diamantenschnur, die der Saaldiener auf dem schwarzen Samttablett zeigt. Sie geht vermutlich für runde fünfundzwanzigtausend weg. Ein Italiener bietet gegen zwei Franzosen, sonst wäre schon bei zwanzig Schluß gewesen. Bis fünfzehn bin ich mitgegangen, weil ich sie gern gehabt hätte. Wunderbare Steine . . . Da haben wir's.«

Tatsächlich blieb es bei fünfundzwanzigtausend. Der Hammer — er wurde beim Kopf und nicht am Stiel gehalten — berührte dezent den Tisch und gab den Zuschlag. »Für Sie, Sir«, verkündete Peter Wilson. Ein Angestellter setzte sich in Bewegung, um Name und Anschrift des neuen Besitzers zu notieren.

»Eigentlich bin ich enttäuscht«, sagte Bond.

»Warum?« Snowman blickte vom Katalog auf.

»Ich war noch nie bei einer Auktion, aber ich habe mir immer vorgestellt, daß der Auktionator dreimal mit dem Hammer auf den Tisch schlägt und ruft: ›Zum ersten, zum zweiten — und zum dritten!‹ Schön langsam und gedehnt, damit das Publikum noch eine Chance bekommt.«

Snowman lachte. »Auf dem Land oder in Irland gibt es das noch, aber in London ist das schon vor meiner Zeit aus der Mode gekommen.«

»Schade. Es wirkt dramatischer.«

»Gleich wird es noch dramatisch genug werden. Wir sind schon beim vorletzten Angebot, dann geht's los!«

Ein Diener hatte mit spitzen Fingern eine Menge glitzernder Rubine und Diamanten auf dem schwarzen Samt arrangiert. Bond las in seinem Katalog unter »Nummer 41« die blumige Beschreibung:

EIN PAAR HERRLICHE, KOSTBARE ARMBÄNDER AUS RUBINEN UND DIAMANTEN. Vorderseite jeweils mit ovalem Arrangement aus einem größeren und zwei kleineren Rubinen in einem Kranz von Diamanten mit kissenförmigem Facettenschliff. An den Seiten wechseln einfachere Arrangements mit offenen Spiralenmustern aus Diamanten ab, aus-

gehend von einem zentralen Rubin. Zum Verschluß hin ver-
laufen mit Gold unterlegte Ketten aus Rubinen und Diaman-
ten abwechselnd. Der Verschluß selbst besteht wiederum aus
einem ovalen Arrangement.
Laut Familienüberlieferung stammt dieses Schmuckstück aus
dem Besitz von Mrs. Fitzherbert (1756-1837). Das Gerücht um
ihre Eheschließung mit dem Prinzen von Wales und späteren
König George IV. fand seine Bestätigung, als 1905 ein im
Jahre 1833 bei der Coutts-Bank in London hinterlegtes Paket
mit königlicher Erlaubnis geöffnet wurde. Es enthielt neben
der Heiratsurkunde noch weitere unzweifelhafte Beweise. Ver-
mutlich sind die Armbänder ein Geschenk von Mrs. Fitzher-
bert an ihre Nichte, die der Herzog von Orleans einmal als das
»hübscheste Mädchen von ganz England« bezeichnet hat.

Die Gebote steigerten sich. Bond schlüpfte aus seiner Sitzreihe
und schlich durch den Mittelgang nach rückwärts. Die Zuschauer, die hier keinen Einlaß mehr gefunden hatten, erlebten
über Fernsehen in der Neuen Galerie und der Eingangshalle
die Versteigerung mit. Heimlich beobachtete er die Menge und
suchte nach einem der zweihundert Gesichter von Mitgliedern
der sowjetischen Botschaft, deren unbemerkt geschossene Fotos
er in den letzten Tagen studiert hatte. Aber in dem bunt zu-
sammengewürfelten Publikum aus Händlern, Sammlern und
reichen Playboys erkannte er höchstens hin und wieder Züge,
die ihm aus den Klatschspalten vertraut waren. Ein oder zwei
Gesichter mit gelblicher Hautfarbe hätten Russen gehören
können, doch genauso auch Vertretern anderer europäischer
Völker. Und die zahlreichen dunklen Brillen konnte man ja
schon seit langem nicht mehr als Maskierung ansehen.
Bond kehrte an seinen Platz zurück und hoffte, daß sein Mann
sich bemerkbar machen würde, sobald die Versteigerung des
Smaragd-Globus begann.
»Vierzehntausend sind geboten. Und fünfzehn. Fünfzehntau-
send.« Der Hammer fiel. »Für Sie, Sir.«
Ein erregtes Raunen ging durch die Reihen. Kataloge raschel-

ten. Snowman wischte sich mit einem Seidentuch über die Stirn. Er sagte zu Bond: »Nun muß ich Sie mehr oder weniger sich selbst überlassen. Erstens muß ich mich auf die Auktion konzentrieren, und zweitens gilt es aus irgendwelchen Gründen als ungehörig, sich nach den Mitbietern umzudrehen — jedenfalls nicht unter Branchenkollegen. Ich kann den Mann nur dann entdecken, wenn er vor mir sitzt, aber das ist sehr unwahrscheinlich, weil die vorderen Reihen fast ausschließlich von Händlern besetzt sind. Sie können sich umschauen, soviel Sie wollen. Sie müssen Peter Wilson genau beobachten und dann den Mann finden, den er anblickt oder der ihn anblickt. Wenn Sie ihn entdeckt haben — was sehr schwierig sein dürfte —, achten Sie auf jede seiner Bewegungen. Jede Kleinigkeit kann ein mit Peter Wilson vereinbartes Zeichen sein — ein Kratzen am Kopf, ein Zupfen am Ohrläppchen. Vermutlich wird er sich nicht so auffällig bemerkbar machen und beispielsweise den Katalog hochhalten. Verstehen Sie, worauf ich hinaus will? Vergessen Sie nicht, daß der Mann vielleicht überhaupt kein Zeichen geben wird, solange geboten wird. Erst wenn er mich hoch genug getrieben hat, wird er auf irgendeine Weise signalisieren, daß er aussteigen will.« Snowman lächelte. »Wenn's auf das Ende zugeht, dann werde ich ihm ordentlich einheizen und ihn zu einer Reaktion zwingen — vorausgesetzt natürlich, daß zum Schluß nur noch wir zwei bieten.« Mit einem rätselhaften Ausdruck fügte er hinzu: »Sie können Gift darauf nehmen, daß es so sein wird.«

Daraus schloß Bond, daß Snowman von seinem Kunden angewiesen worden war, den Smaragd-Globus zu erwerben, koste es, was es wolle.

Es wurde plötzlich still, als ein hohes Gestell mit schwarzer Samtverkleidung feierlich hereingetragen und vor dem Pult des Auktionators aufgebaut wurde. Ein hübscher ovaler Behälter, der anscheinend mit weißem Samt bezogen war, wurde auf das Gestell gelegt. Ein älterer Saaldiener in grauer Uniform mit weinroten Ärmeln, Kragen und Gürtel trat fast ehrfürchtig näher, schloß den Behälter auf, nahm den Smaragd-Globus heraus und stellte ihn vorsichtig auf den schwarzen Samt. Dann trug er den Behälter weg.

Der hochpolierte Smaragd von der Größe eines Kriketballs auf einem kunstvoll gearbeiteten Sockel strahlte ein übernatürliches grünes Feuer aus. Die in seine Oberfläche und den opalisierenden Meridiankreis eingelassenen Juwelen blitzten in verschiedenen Farben. Gedämpfte Rufe der Bewunderung klangen aus dem Publikum auf. Selbst die Angestellten und Schmuckexperten an dem langen Tisch neben dem Pult des Auktionators — Männer, die an den Anblick europäischer Kronjuwelen gewöhnt waren — beugten sich fasziniert vor.

Bond blätterte in seinem Katalog, bis er die fettgedruckte Beschreibung von Nr. 42 gefunden hatte. Da stand in überschwenglicher Prosa:

ERDKUGEL
ENTWORFEN 1917 VON CARL FABERGÉ FÜR EINEN RUSSISCHEN AUFTRAGGEBER UND JETZT IM BESITZ VON DESSEN ENKELIN.
NR. 42 — EINE BERÜHMTE FABERGÉ-ERDKUGEL.
Die Kugel wurde aus einem einzigen, ungewöhnlich großen sibirischen Smaragd von herrlicher Farbe und lebhaftem Feuer geschnitten. Sie wiegt ungefähr 1.300 Karat und ruht auf einem Sockel aus meisterhaft ziselierter Filigranarbeit in Quatrecouleur-Gold, besetzt mit einer Vielzahl von rosa Diamanten und kleinen Smaragden höchst intensiver Färbung, die ein Zifferblatt bilden.

Rings um diese Basis schweben sechs goldene Putten in naturalistischen Wolkenformationen aus matt geschliffenem Bergkristall, der mit feinen Linien aus winzigen rosa Diamanten geädert ist. In den Globus selbst ist eine überaus exakte Weltkarte eingraviert. Die wichtigsten Städte sind durch goldgefaßte Brillanten dargestellt. Ein im Sockel verborgenes kleines Uhrwerk läßt den Globus um seine Achse rotieren; es ist von G. Moser signiert. Den Äquator des Globus umgibt ein feststehender Ring aus goldgefaßtem, durchscheinendem Perlmutt,

der über einem Zifferblatt aus feinstem Goldfiligran kreist.
Die römischen Stundenzahlen sind aus blaß-sepiafarbenem
Email. Ein einzelner, dreieckiger blutroter Burma-Rubin von
etwa fünf Karat ist als Stundenzeiger in den rotierenden Gür-
tel eingelassen.
Höhe: 7,5 Zoll. Werkmeister: Henrik Wigstrom. Mit Original-
behälter in weißem Samt und passendem goldenem Schlüssel.
Das Motiv der Erdkugel hat Fabergé schon etwa fünfzehn
Jahre früher zu einem kleineren Werk ähnlicher Art inspiriert,
das sich jetzt in der Königlichen Kunstsammlung von Sand-
ringham befindet. Siehe auch Tafel 280 in Carl Fabergés
Kunstwerke von A. Kenneth Snowman.

Peter Wilson ließ den Blick über die Gesichter im Saal schwei-
fen und tippte dann dezent mit seinem Hammerstiel auf den
Tisch.
»Nummer 42 — ein Kunstwerk von Carl Fabergé.« Pause.
»Zwanzigtausend Pfund sind mir geboten.«
Snowman flüsterte Bond zu: »Das bedeutet, daß er ein Gebot
von mindestens fünfzigtausend vorliegen hat. Er will damit
nur Schwung in die Sache bringen.«
Kataloge wurden hochgehalten.
»Und dreißig. Vierzig. Fünfzigtausend Pfund dort. Sechzig —
siebzig. Achtzigtausend Pfund. Und neunzig.« Eine kleine
Kunstpause. »Hunderttausend Pfund.«
Einige Zuschauer klatschten Beifall. Die Kameras schwenkten
zu einem jungen Mann hinüber, der neben zwei anderen links
vom Auktionator auf einem kleinen Podium stand und telefo-
nierte.
Snowman erklärte flüsternd: »Das ist einer von Sothebys Angestellten. Er spricht mit Amerika. Vermutlich hat er das
Metropolitan-Museum in der Leitung, aber es kann auch
irgendein anderer Kunde sein. Jetzt bin ich an der Reihe.«
Snowman hob kurz seinen Katalog.
»Hundertzehn«, sagte der Auktionator. Der junge Mann
sprach in die Muschel und nickte. »Und zwanzig.«

Wieder ein Zeichen von Snowman.

»Und dreißig.«

Der Mann am Telefon konferierte eine ganze Weile mit seinem Partner — vielleicht versuchte er abzuschätzen, wie weit der Preis noch in die Höhe gehen könnte. Als er den Kopf schüttelte, wandte Peter Wilson den Blick von ihm ab und konzentrierte sich ganz auf die Zuschauer im Saal.

»Hundertdreißigtausend«, wiederholte er leise.

Snowman flüsterte Bond zu: »Jetzt müssen Sie die Augen offenhalten. Die Amerikaner sind anscheinend ausgestiegen. Jetzt wird es für Ihren Mann Zeit, wenn er mich hochtreiben will.«

Bond glitt aus seiner Sitzreihe und stellte sich zu einer Gruppe von Reportern links neben das Pult. Peter Wilson schaute in die linke hintere Ecke des Saals. Bond konnte dort keine auffällige Bewegung entdecken. Trotzdem verkündete der Auktionator: »Hundertvierzigtausend!«

Er blickte Snowman an. Nach einer ziemlich langen Pause hob Snowman fünf Finger. Bond war überzeugt davon, daß sein Zögern mit zur Taktik gehörte und den Konkurrenten nervös machen sollte. Er wollte damit sicher andeuten, daß er nicht mehr viel weiter gehen würde.

»Einhundertfünfundvierzigtausend!«

Abermals ein forschender Blick in die linke hintere Ecke. Und wieder bewegte sich dort gar nichts — doch irgendein geheimes Zeichen mußte ausgetauscht worden sein, denn Wilson sagte: »Hundertfünfzigtausend.«

Ein leises Raunen ging durch den Saal. Ein paar Zuschauer applaudierten.

Diesmal ließ sich Snowman noch mehr Zeit. Der Auktionator mußte das letzte Gebot zweimal wiederholen. Dann blickte er Snowman direkt an und sagte drängend: »Gegen Sie, Sir!« Schließlich hob Snowman fünf Finger.

»Einhundertfünfundfünfzigtausend Pfund!«

Die Erregung trieb James Bond den Schweiß aus den Poren. Bis jetzt hatte er absolut nichts erreicht, und die Versteigerung konnte jeden Augenblick beendet sein. Der Auktionator wiederholte das letzte Gebot.

Da — eine winzige Bewegung! Im Hintergrund des Raums hob ein dunkel gekleideter, untersetzter Mann die Hand und nahm ganz unauffällig seine Sonnenbrille ab. Er hatte ein glattes, nichtssagendes Gesicht, das zu einem Bankdirektor, einem Versicherungsangestellten oder einem Arzt gepaßt hätte.

Das mußte das mit dem Auktionator vereinbarte Zeichen sein! Solange er die dunkle Brille trug, überbot er jeweils um den zuletzt genannten Betrag; wenn er sie abnahm, schied er aus dem Rennen aus.

Mit einem raschen Blick streifte Bond das Podium der Kameraleute. Der Geheimdienst-Fotograf war auf dem Posten. Er hob lässig den Apparat, dann blitzte es grell auf.

Bond kehrte auf seinen Platz zurück und raunte Snowman ins Ohr: »Ich hab ihn! Morgen hören Sie wieder von mir. Vorerst vielen Dank.« Snowman nickte nur, ohne den Blick von dem Auktionator zu wenden.

Bond stand auf und drängte sich durch den Mittelgang nach hinten. Er hörte, wie der Auktionator zum drittenmal wiederholte: »Einhundertfünfundfünfzigtausend Pfund sind mir geboten.« Dann fiel leise der Hammer. »Für Sie, Sir.«

Bond erreichte den rückwärtigen Teil des Saals, ehe das Publikum Beifall klatschend aufstand. Der Mann im dunklen Anzug hatte die Brille inzwischen wieder aufgesetzt; er kam nicht so schnell aus seiner Stuhlreihe heraus. Bond tarnte sich nun selbst mit einer Sonnenbrille und richtete es so ein, daß er dicht hinter dem Unbekannten in der Menge das Haus verließ und ihn genau beobachten konnte.

Der Mann trug das Haar lang zurückgekämmt. Er hatte einen Specknacken und angewachsene Ohrläppchen, außerdem einen leichten, ziemlich hoch sitzenden Buckel, der von einer Rückgratverkrümmung herrühren mochte.

Plötzlich erinnerte sich Bond wieder: Das war Pjotr Malinowski, der in der Botschaft offiziell als »Landwirtschafts-Attaché« fungierte.

85

Als sie das Gebäude verlassen hatten, ging Malinowski mit raschen Schritten auf die Conduit Street zu. An der Bordsteinkante wartete ein Taxi mit laufendem Motor und heruntergeklapptem FREI-Zeichen. Ohne Eile stieg Bond ein und sagte zum Fahrer: »Der dort ist es — aber Vorsicht!«

»Jawohl, Sir«, murmelte der Fahrer, der zur Abteilung M. I. 5 gehörte. Er fuhr gemächlich an.

Malinowski nahm in der Bond Street ein Taxi. Bei dem regen Abendverkehr bot die Verfolgung keinerlei Schwierigkeiten. Bond lächelte zufrieden vor sich hin, als das Taxi des Russen an der Park Street nach Norden abbog und die Bayswater Street entlangfuhr. Jetzt kam es nur noch darauf an, ob der Wagen durch die private Einfahrt in die Kensington Palace Gardens einbiegen würde. Das erste, wuchtige Gebäude auf der linken Seite beherbergte die Sowjetische Botschaft. Wenn ja, dann war der Fall erledigt. Die beiden Polizeibeamten, die wie üblich den Eingang der Botschaft bewachten, waren an diesem Abend vom Geheimdienst ausgesucht worden. Sie hatten den Auftrag, festzustellen, ob der Fahrgast des vorderen Taxis auch tatsächlich das Botschaftsgebäude betrat.

Die Beweise des Geheimdienstes, zusammen mit den neuen, von James Bond und dem Fotografen der Abteilung M. I. 5 beigebrachten Unterlagen, mußten dann ausreichen, um Pjotr Malinowski durch das Auswärtige Amt zur *persona non grata* erklären und aufgrund seiner Spionagetätigkeit nach Hause schicken zu lassen. Damit hätten die Russen in dem unbarmherzigen Schachspiel der Spionage eine Königin verloren. Mehr konnte sich James Bond als Ergebnis eines Besuchs in den Auktionshallen nicht wünschen.

Das vordere Taxi rollte tatsächlich durch das mächtige schmiedeeiserne Tor.

Bond lächelte zufrieden und tippte dem Fahrer auf die Schulter.

»Vielen Dank — das war's. Zum Büro bitte.«

Octopussy

Das Unheil kam um 10 Uhr 30 in einem Taxi aus Kingston in Gestalt eines Mannes, der sich Commander James Bond nannte. Dabei hatte der Tag ganz normal begonnen. Major Dexter Smythe erwachte aus seinem Seccional-Schlaf und schluckte zwei Panadol-Tabletten, weil sein schwaches Herz ihm kein Aspirin erlaubte. Er duschte, setzte sich unter den Sonnenschirm und stocherte in seinem Frühstück herum. Dann verfütterte er die Reste an die Vögel, nahm die vorgeschriebene Dosis Anti-Koagulans und schluckte seine Tabletten gegen den hohen Blutdruck.

Dexter Smythe, Major i. R. der Royal Marines, war nur noch ein Schatten des einst so tapferen und erfolgreichen (besonders bei Frauen) Offiziers der Sondereinheit, in der er die letzten Jahre seiner militärischen Laufbahn verbrachte.

Er war nun vierundfünfzig, ein alternder Mann mit schütter werdendem Haar und zunehmendem Äquatorialumfang, der seine zwei ersten Koronar-Thrombosen bereits hinter sich hatte. Dr. Jimmy Greaves, den Smythe bald nach seiner Landung auf Jamaika beim Pokern kennengelernt hatte, bezeichnete den Herzanfall vor einem Monat als »zweite Warnung«. In Smythes Ohren klang das längst nicht so scherzhaft, wie es gemeint war.

In einem seiner gut geschnittenen Anzüge, wenn man die Krampfadern nicht sah und wenn der diskret hinter einem eleganten Kummerbund verborgene Leibgürtel den Bauch zurückdrängte, gab er bei den Cocktail-Parties an der North Shore immer noch eine gute Figur ab. Seine Freunde und Nachbarn konnten nicht begreifen, warum er sich über die strenge Rationierung seines Arztes — zwei Whisky und zehn Zigaretten pro Tag — hinwegsetzte, wie ein Schlot qualmte und grundsätzlich jeden Abend betrunken zu Bett ging.

Dabei war die Erklärung höchst einfach: Jamaika hatte ihn unwiderruflich in den Klauen, er kam von der Insel nicht mehr los. Während er rein äußerlich noch wie ein recht solides Stück Hartholz wirkte, hatten unter der glatten Oberfläche die Termiten der Tropenträgheit, des Sichgehenlassens, der Gewissensbisse wegen einer alten Sünde und ganz allgemein der Ekel über sich selbst den einst harten Kern zu feinem Mehl zerfressen.

Seit Marys Tod vor zwei Jahren hatte er der Liebe entsagt. Vielleicht hatte er auch Mary nicht geliebt, aber er vermißte sie und ihr fröhliches, oft ungereimtes Geplapper. Für den internationalen Pöbel der North Shore, mit dem er sich abgab, hatte er nichts als Verachtung übrig. Vielleicht hätte er mit den Gutsbesitzern im Innern der Insel, mit seriösen Männern, Politikern und anderen gediegenen Leuten Freundschaft schließen können, aber dann hätte er sich nicht mehr so dahintreiben lassen dürfen. Außerdem hatte er keine Lust, auf seine Flasche zu verzichten.

Major Smythe langweilte sich zu Tode. Eigentlich hätte er schon längst eine Überdosis Schlafmittel geschluckt, wenn nicht ein dünner Lebensfaden ihn hier an die Küste gefesselt hätte.

Gewohnheitstrinker neigen dazu, die Charakteristika ihres Temperaments zu übertreiben. Major Smythe war Melancholiker. Düstere Phantasiebilder verbanden ihn mit den Vögeln, Insekten und Fischen, die seinen fast drei Hektar großen Grundbesitz bevölkerten. *Wavelets*, »kleine Wellen«, hatte er bezeichnenderweise seine kleine Villa an der blauen Küste mit dem Korallenriff davor genannt. Die Fische waren seine besonderen Feunde. Er kannte sie einzeln, da im Riff lebende Fische selten abwandern und recht seßhaft sind. Nach zwei Jahren liebte er sie und war überzeugt, daß auch sie ihn liebten. Zumindest kannten sie ihn und zeigten keinerlei Scheu, wenn er sich bei der täglichen Fütterung zwischen ihnen bewegte.

Doch an diesem Morgen um 10 Uhr 30 erfuhr Major Smythes ohnehin schon recht tristes Dasein eine deutliche Wendung zum Schlechteren. Und an allem war dieser James Bond schuld.

Seinen Frühtrunk nahm er sonst um elf, aber seit einigen Monaten hatte er ihn auf 10 Uhr 30 vorverlegt. Er goß sich gerade seinen »Säufertrunk« ein — Brandy mit Ginger Ale —, da hörte er den Wagen in der Auffahrt.

Luna, seine farbige Haushälterin, kam in den Garten und verkündete: »Da will Sie einer sprechen, Major.«

»Wer denn?«

»Hat er nich gesagt, Major. Sagt nur, soll Ihnen sagen, er kommen von Regierung.«

Major Smythe trug nur eine alte Khakihose und Sandalen. Ein kalter Schauder lief ihm über den Rücken. Regierung? Was zum Teufel ...

»Gut, Luna«, sagte er. »Bitte ihn ins Wohnzimmer und sage ihm, ich komme gleich.«

Er trat durch die Hintertür ins Haus, zog sich im Schlafzimmer ein weißes Buschhemd und eine Hose über und kämmte sich.

Schon als er den hochgewachsenen Mann in dem dunkelblauen Tropenanzug am Panoramafenster seines Wohnzimmers stehen und aufs Meer hinausblicken sah, spürte Major Smythe das nahe Unheil. Als der Mann sich dann umdrehte und ihn aus ernsten, grau-blauen Augen prüfend ansah, da wußte Smythe, daß er in offizieller Mission hier war; und als der Mann sein Lächeln nicht erwiderte, wurde ihm klar, daß diese Mission nicht freundlich gemeint sein konnte. Ein Schauder lief Major Smythe über den Rücken.

Sie waren ihm irgendwie dahintergekommen.

»Soso, Sie kommen also von der Regierung. Ich bin Major Smythe. Wie geht's Sir Kenneth?«

Von einem Händedruck war erst gar nicht die Rede.

»Ich habe ihn noch nicht gesehen«, antwortete der Mann. »Ich bin erst vor zwei Tagen eingetroffen und habe mich ein wenig auf der Insel umgesehen. Mein Name ist Bond, James Bond. Ich komme vom Verteidigungsministerium.«

Diese beschönigende Umschreibung von Secret Service war Major Smythe noch gut bekannt. Sein Humor wirkte ein wenig verkrampft: »So — die alte Firma gibt's also noch?«

Bond überhörte die Frage. »Können wir uns hier irgendwo unterhalten?«

»Aber sicher. Wo Sie wollen. Hier oder im Garten? Wie wär's mit einem Drink?« Major Smythe hielt immer noch sein Glas in der Hand. Er ließ die Eiswürfel klappern. »Das ortsübliche Gift ist Rum mit Ginger Ale. Ich selbst trinke nur Ginger.« Die Lüge kam ihm so glatt über die Lippen wie jedem Alkoholiker.

»Nein, danke. Wenn Sie wollen, bleiben wir gleich hier.« Bond lehnte sich lässig an den breiten Fenstersims aus Mahagoniholz.

Major Smythe ließ sich in einem der bequemen Pflanzersessel nieder, die er von einem hiesigen Schreiner nach einem alten

Original hatte nacharbeiten lassen. Er ließ ein Bein gemütlich über die Lehne baumeln. Aus der anderen Armlehne zog er den Glashalter heraus, nahm noch einen tiefen Schluck und schob dann sein Glas in den Holzring. Dabei gab er sich alle Mühe, ein Zittern seiner Finger zu unterdrücken.

»So«, sagte er jovial und sah dem anderen gerade ins Auge. »Was kann ich für Sie tun? Hat sich jemand an der North Shore die Hände schmutzig gemacht? Brauchen Sie einen Nothelfer? Da leg ich mich gern wieder ins Geschirr. Ist schon eine ziemliche Weile her, aber so ganz aus der Übung bin ich noch nicht.«

»Darf ich rauchen?« Bond hielt seine Zigarettendose schon in der Hand. Sie war flach, aus mattem Stahl gearbeitet und faßte an die fünfzig Zigaretten. Dieses kleine Zeichen einer gemeinsamen Schwäche gab Major Smythe ein wenig Auftrieb.

»Aber sicher, mein lieber Freund.« Er griff nach dem Feuerzeug und machte eine Bewegung, als wolle er sich erheben.

»Danke, geht schon.« James Bond hatte sich die Zigarette bereits angezündet. »Nein, es handelt sich nicht um einen lokalen Fall. Man hat mich zu Ihnen geschickt, weil ich Sie nach einigen Details Ihrer Arbeit bei Kriegsende fragen soll.« James Bond hielt inne und blickte prüfend auf Major Smythe herab. »Es geht insbesondere um die Zeit, die Sie für das *Miscellaneous Objectives Bureau*, das Amt für Sonderaufgaben, tätig waren.«

Major Smythe ließ ein grelles Lachen hören; es klang fast wie der Schrei eines getroffenen Mannes.

Das hatte er kommen sehen! Er war ganz sicher, daß es kommen mußte. Aber als dieser James Bond es aussprach, da konnte er sich das Lachen nicht verkneifen.

»Gott ja, natürlich! Das gute alte MOB! War das ein Spaß!« Er lachte wieder. Seine Brust saß wie in einer eisernen Zwinge. Ihm war klar, was nun kommen mußte, und der Druck in seiner Brust wurde immer schmerzhafter. Er schob die Hand in die Hosentasche, holte eine von den weißen TNT-Pillen aus dem Röhrchen und steckte sie möglichst unauffällig in den Mund. Der gespannte Ausdruck des andern, der Blick aus den engen Augen, amüsierte Major Smythe. Schon gut, mein Sohn. Es ist keine Todeskapsel.

»Haben Sie auch Ärger mit Sodbrennen? Nein? Mich erwischt's nach jedem Zug durch die Gemeinde. Letzte Nacht zum Beispiel.

Party in der *Jamaica Inn.* Man sollte wirklich nicht mehr so tun, als ob man noch fünfundzwanzig wäre. Aber reden wir lieber vom MOB. Sind wahrscheinlich nicht mehr viele von uns übrig.« Er spürte, wie der ziehende Schmerz aus seiner Brust wich. »Hat es etwas mit den offiziellen Protokollen zu tun?«

Bond betrachtete die Glut an seiner Zigarette. »Nicht direkt.«

»Sie wissen vermutlich, daß ich für die amtlichen Aufzeichnungen den größten Teil der Beiträge über unsere Einheit verfaßt habe. Ist lange her. Glaube kaum, daß ich heute noch etwas hinzufügen könnte.«

»Auch nichts für das Unternehmen in dem Tiroler Ort Oberaurach in der Nähe von Kitzbühel?«

Dieser Name hatte Major Smythe all die Jahre hindurch verfolgt. Ein gequältes Lachen entrang sich seinen Lippen. »Ein Kinderspiel! Leichter ging's gar nicht. Die harten Burschen von der Gestapo waren alle stinkbesoffen. Aber ihre Akten, die waren tipptopp geführt. Haben uns das Zeug ohne Widerrede ausgehändigt. Vielleicht wollten sie sich damit ihr Los erleichtern. Wir haben die Unterlagen flüchtig überprüft und dann die ganze Bande ins Lager München abgeschoben. Hab danach von den Burschen nichts mehr gehört. Wahrscheinlich sind die meisten als Kriegsverbrecher gehenkt worden. Die Papiere haben wir in Salzburg dem Hauptquartier übergeben. Danach haben wir bei Mittersill am Großglockner nach dem nächsten Versteck gesucht.« Major Smythe trank einen großen Schluck aus seinem Glas und zündete sich eine Zigarette an. Dann blickte er auf. »Tja, das wär's wohl in großen Zügen.«

»Soviel ich weiß, waren Sie damals Stellvertreter des Kommandeurs. Chef der Einheit war ein gewisser Colonel King aus General Pattersons Armee.«

»Stimmt. Ein netter Kerl. Mit seinem Schnurrbart hat er gar nicht wie ein Amerikaner ausgesehen. Und ein Weinkenner! Ein sehr kultivierter Bursche.«

»In seinem Bericht über das Unternehmen erklärte er, daß er Ihnen alle Unterlagen zur Durchsicht gegeben hätte, weil Sie damals der Experte für Deutsch in der Einheit waren. Sie haben die Unterlagen dann mit entsprechenden Bemerkungen wieder zurückgegeben?« James Bond machte eine Pause. »Jedes einzelne Papier?«

Major Smythe überhörte die Anspielung. »Ja, das stimmt. Es waren in der Hauptsache Namenslisten der Abwehr. Die CI-Leute in Salzburg waren von dem Material begeistert. Das gab eine Menge neuer Hinweise. Die Originale müssen noch irgendwo rumliegen, nehme ich an. Sie sind auch bei den Nürnberger Prozessen benutzt worden ... Ja, tatsächlich!« Major Smythe verlor sich in Erinnerungen. »Das waren wohl die schönsten Monate meines Lebens, das Vagabundendasein mit dem MOB. Wein, Weib und Gesang! Wirklich, eine herrliche Zeit.«

In diesem Punkt sagte Major Smythe die reine Wahrheit. Für ihn war der Krieg bis 1945 gefährlich und ungemütlich gewesen. Als 1941 die Sonderkommandos gebildet wurden, ließ er sich freiwillig von den Royal Marines ins Vereinigte Hauptquartier unter Mountbatten versetzen. Sein ausgezeichnetes Deutsch (seine Mutter stammte aus Heidelberg) hatte ihm die undankbare Aufgabe eingetragen, als Dolmetscher die Vorhut über den Kanal begleiten zu dürfen. Er hatte aber Glück und überstand die zwei Jahre unversehrt und erhielt für seine Verdienste die selten verliehene Militärauszeichnung eines *Officer of the British Empire.*

Gegen Kriegsende wurde dann vom Secret Service und dem Gemeinsamen Hauptquartier die Sondereinheit MOB gebildet. Major Smythe war vorübergehend mit den Rangabzeichen eines Lieutenant-Colonel versehen und mit der Bildung einer Sondereinheit beauftragt worden, die nach dem Zusammenbruch der Deutschen die Verstecke der Gestapo und der Abwehr auszuräumen hatte.

Davon erfuhr der amerikanische OSS und bestand auf einer Beteiligung an der Aktion. Die Folge war, daß nach dem Waffenstillstand nicht eine, sondern sechs derartige Einheiten die Arbeit in Deutschland und Österreich aufnahmen. Jede der zwanzig Mann starken Gruppen verfügte über einen Panzerspähwagen, sechs Jeeps, einen Funkwagen und drei Lastwagen. Die Leitung lag bei einer anglo-amerikanischen Kommandostelle im Alliierten Oberkommando, von der sie auch die Einsatzbefehle erhielten.

Major Smythe war stellvertretender Kommandeur des Sonderkommandos A, dem Tirol zugeteilt worden war. Von dort aus gab es zahlreiche Fluchtwege nach Italien; deshalb wimmelte es in den schwer zugänglichen Gebirgstälern von Leuten, hinter denen das MOB her war.

Die Sache war wirklich ein Kinderspiel, wie Major Smythe gesagt hatte. Alles lief ohne einen einzigen Schuß ab.

Bis auf die beiden Schüsse, die Major Smythe persönlich abgab ...

James Bond fragte beiläufig: »Sagt Ihnen der Name Hannes Oberhauser etwas?«

Major Smythe legte die Stirn in angestrengte Falten, »Nicht daß ich wüßte.« Es war fünfundzwanzig Grad im Schatten; aber er fröstelte.

»Dann möchte ich Ihrem Gedächtnis etwas nachhelfen. An dem Tag, als Ihnen die Dokumente zur Durchsicht übergeben wurden, erkundigten Sie sich im Hotel Tiefenbrunner nach dem besten Bergführer. Man verwies Sie an Oberhauser. Am Tage darauf baten Sie Ihren Chef um einen Tag Urlaub. Er wurde gewährt. Sehr früh am folgenden Morgen gingen Sie zum Haus des Bergführers, verhafteten ihn und fuhren mit ihm in Ihrem Jeep weg. Erinnern Sie sich wieder?«

Diese Phrase von »Gedächtnis etwas nachhelfen«! Wie oft hatte Major Smythe sie selbst bei Verhören benutzt.

Immer mit der Ruhe! sagte er sich. Du weißt seit Jahren, daß so etwas auf dich zukommen würde. Major Smythe schüttelte zweifelnd den Kopf. »Nein, leider nicht.«

James Bond zog ein dünnes, in blaues Leder gebundenes Notizbuch aus der Tasche und blätterte darin. Dann sah er von den Seiten auf. »Damals waren Sie mit einer Webley & Scott 0,45 bewaffnet. Sie trug die Seriennummer 8967/362.«

»Ja, es war eine Webley. Verdammt unhandliches Ding. Hoffentlich habt ihr heutzutage etwas Praktischeres — eine Luger oder eine schwere Beretta. Die Nummer ist mir allerdings nie aufgefallen.«

»Sie stimmt aber«, erklärte James Bond. »Das Hauptquartier hat mir das Datum der Ausgabe an Sie und auch das Datum genannt, an dem Sie die Waffe wieder ablieferten. Sie haben beidemale gegengezeichnet.«

Major Smythe zuckte die Achseln. »Na schön, dann wird's wohl meine Waffe gewesen sein.« Er bemühte sich, seiner Stimme einen gereizten, ungeduldigen Klang zu geben. »Aber darf ich vielleicht fragen, was das alles soll?«

James Bond sah ihn leicht verwundert an. Beinahe freundlich sagte er: »Das wissen Sie doch selbst am besten, Smythe.« Er hielt inne und schien nachzudenken. »Ich mache Ihnen einen Vorschlag, Smythe: Ich gehe in den Garten und gebe Ihnen fünf oder zehn Minuten Bedenkzeit. Wenn Sie soweit sind, rufen Sie mich.« Sehr ernst fügte er hinzu: »Mir wäre es lieber, die ganze Geschichte noch einmal von Ihnen selber zu hören.«

Smythe starrte ihm nach, wie er zur Gartentür ging. Am Ausgang drehte sich Bond noch einmal um. »Ich fürchte, Ihre Aussage ist nur noch eine reine Formsache. Ich habe mich gestern in Kingston ausführlich mit den Gebrüdern Fu unterhalten.« Dann trat er auf den Rasen hinaus.

In gewisser Hinsicht fühlte sich Major Smythe erleichtert. Jetzt war die Nervenprobe vorbei. Er brauchte keine Alibis und keine Ausreden mehr zu erfinden. Wenn dieser Bond mit einem der Brüder Fu gesprochen hatte, dann wußte er alles. Keiner der beiden wollte es sich mit der Regierung verderben, und außerdem waren nur noch knapp zwanzig Zentimeter von dem Zeug übrig. Major Smythe stand hastig auf, trat an das Barschränkchen und goß sich viel Brandy und wenig Ginger Ale ein. Genieße, solange du noch kannst, sagte er sich. In Zukunft wird es keinen Brandy mehr geben.

Er setzte sich wieder in den Sessel und zündete sich die zwanzigste Zigarette an diesem Vormittag an. Er sah auf die Uhr. Gleich 11 Uhr 30. Wenn es ihm gelang, den Kerl in einer Stunde loszuwerden, dann blieb ihm noch genug Zeit für seine Freunde draußen im Korallenriff.

Zu den Bewohnern des Riffs gehörte auch ein Octopus, ein wirklich lieber Kerl. Vielleicht noch ein Monat, dann hatte er ihn gezähmt — aber so viel Zeit blieb ihm wohl nicht mehr. Dabei hatte er dem freundlichen Professor Bengry vom Institut die Lösung einer höchst interessanten wissenschaftlichen Frage versprochen: Einen gefährlichen Feind hatte der Octopus im Riff, den Skorpionfisch oder *Scorpaena Plumieri*. Diese Fische bewohnen fast alle südlichen Gewässer. Auch der *Rascasse*, aus dem man die schmackhafte Bouillabaise macht, gehört zu dieser Gattung.

Der westindische Skorpionfisch wird nur etwa vierzig Zentimeter lang und ein Pfund schwer. Er ist mit seinem amboßförmigen Kopf, der schmutzig-braunen Farbe und den dicken, fleischigen »Augenbrauen« mit Abstand der häßlichste Fisch weit und breit, als hätte die Natur selbst vor ihm warnen wollen. Wenn er die Augenfalten herabließ und sich ruhig verhielt, konnte man ihn vor dem Hintergrund des Riffs kaum noch erkennen.

So klein der Skorpionfisch ist, er kann mit seinem mächtigen Maul, das mit scharfen Zähnen ausgestattet ist, die meisten der kleineren Riffbewohner fressen. Seine gefährlichste Waffe ist jedoch das Gift in der aufstellbaren Schwanzflosse. Ein kleiner Ritzer mit den nadelscharfen Spitzen der Flosse kann einen Menschen töten.

Einen solchen Skorpionfisch mußte Major Smythe finden, speeren und dem Octopus als Nahrung anbieten. Das war nämlich Professor Bengrys wissenschaftliches Problem: Würde der eine gefährliche Beherrscher der See den anderen erkennen? Wußte der Octopus um das tödliche Gift? Fraß er vielleicht den Bauch des Fisches, und ließ er die Flossen übrig? Oder verschlang er den Skorpionfisch ganz? Wenn ja, schadete ihm das Gift?

Diese Fragen wollte Major Smythe beantworten, auch wenn es das Ende seines Lieblings mit den vielen Armen bedeutete. Auf diese Weise ließ sein verpfuschtes Leben vielleicht in irgendeinem verstaubten wissenschaftlichen Werk noch eine winzige Spur zurück.

Major Smythe rief seine Gedanken zur Ordnung.

Er konnte James Bond jetzt eine lange Geschichte darüber erzählen, wie damals das Wetter in den Alpen war und wie die Bergblumen rochen. Oder er konnte es kurz und schmerzlos machen.

Major Smythe entschied sich für die Kürze. Er goß sich noch einen steifen Brandy ein und trat in den Garten hinaus. James Bond blickte aufs Meer und drehte sich nicht einmal um, als Major Smythe sich einen der Gartenstühle heranzog.

Damals, in dem geräumigen Doppelzimmer oben im Hotel Tiefenbrunner, da hatte Major Smythe noch nichts Besonderes gesucht, als er auf dem freien Bett die Aktenmappe und ganze

Bündel graues Kriegspapier ausbreitete. Er hatte eigentlich nur Stichproben genommen und sich besonders auf die Akten mit dem roten Stempel GEHEIME KOMMANDOSACHE! STRENG VERTRAULICH! konzentriert. Davon gab es nicht allzu viele. Zumeist handelte es sich um vertrauliche Berichte über hohe Tiere der Deutschen, um entschlüsselte alliierte Geheimcodes und geheime Lager von Nahrungsmitteln, Munition und Waffen, Spionageberichten, Personalakten von Gestapoleuten und dergleichen. Eine ungeheure Beute! Da es sich hierbei um die eigentliche Aufgabe der Sondergruppe A handelte, ging Major Smythe diese Papiere mit steigender Erregung durch.

Ganz unten in dem Paket entdeckte er einen einzelnen, mit rotem Wachs versiegelten Umschlag. NUR IM ÄUSSERSTEN NOTFALL ZU ÖFFNEN! stand darauf. Er enthielt ein einziges Blatt Papier. Es trug keine Unterschrift und nur wenige, mit roter Tinte geschriebene Worte: VALUTA. Darunter stand: WILDER KAISER, FRANZISKANER-KLAUSE. 100 M ÖSTL. STEINHÜGEL WAFFENKISTE, 2 Barren 24 KT. Dann folgten einige Maßangaben in Zentimetern.

Major Smythe deutete die Länge mit den Händen an, als erzählte er von einem Fisch, den er einmal geangelt hatte. Jeder Barren mußte fast die Größe zweier normaler Ziegelsteine aufweisen. Dabei bekam man für eine simple Goldmünze von nur 18 Karat zwei oder drei Pfund! Ein gewaltiges Vermögen – vierzig-, fünfzigtausend Pfund. Vielleicht gar hundert . . .

Wenn nun jemand hereinkäme . . .

Hastig riß er ein Streichholz an, verbrannte den Umschlag und das Blatt Papier, zerkrümelte die Asche und spülte sie die Toilette hinunter. Dann faltete er seine österreichische Generalstabskarte der Gegend auseinander und hatte kurz danach die Franziskaner-Klause gefunden. Sie war als unbewohnte Schutzhütte dicht unterhalb des höchsten der östlichen Gipfel des Wilden Kaisers auf einem Bergsattel eingetragen. Sein Fingernagel machte da, wo der Steinhügel sein mußte, eine kleine Kerbe in das Papier. Nur etwa fünfzehn Kilometer oder fünf Stunden Klettern trennten ihn von einem Vermögen.

Major Smythe beantragte einen Urlaubstag, genau wie James Bond es beschrieben hatte. Dann ging er zu dem Bergführer Hannes Oberhauser, verhaftete ihn und erzählte der unter Tränen protestierenden Familie, er brächte Oberhauser zur Vernehmung nach München. Wenn der Bergführer eine reine Weste hätte, würde er in spätestens einer Woche wieder zu Hause sein. Sollte die Familie Ärger machen, dann könnte sich das für Oberhauser nur nachteilig auswirken.

Seinen Namen nannte Smythe nicht. Vorsorglich hatte er auch die Nummer seines Jeep unleserlich gemacht. In vierundzwanzig Stunden war die Sondereinheit A wieder unterwegs, und ehe Kitzbühel eine Militärkommandantur erhielt, war der Zwischenfall längst im Durcheinander der Besetzung untergegangen.

Oberhauser entpuppte sich als ganz netter Bursche, nachdem er seine anfängliche Furcht erst eimal überwunden hatte. Sie unterhielten sich angeregt über Skifahren und Bergsteigen; Oberhauser war vor dem Krieg Skilehrer gewesen, Smythe hatte so manche Bergtour gemacht.

Ihr Weg führte sie am Fuß des Wilden Kaisers entlang in Richtung Kufstein. Major Smythe fuhr langsam und machte ab und zu eine bewundernde Bemerkung über die Gipfel, die vom Rot der Morgendämmerung übergossen waren. Unterhalb des Goldenen Gipfels — so nannte Smythe den Berg bei sich — hielt er schließlich auf einem Wiesenhang an. Er wandte sich Oberhauser zu und sagte freundschaftlich: »Oberhauser, Sie sind ein Mann nach meinem Herzen! Wir haben so viele gemeinsame Interessen. Aus unserer Unterhaltung weiß ich, daß Sie bestimmt nicht mit den Nazis unter einer Decke gesteckt haben. Will Ihnen mal einen Vorschlag machen: Wir klettern heute ein bißchen im Wilden Kaiser herum, dann bringe ich Sie nach Kitzbühel zurück und erzähle meinen Vorgesetzten, in München bei der Vernehmung hätten sich keine Verdachtsmomente gegen Sie ergeben.« Er lachte ihn an. »Nun, was meinen Sie dazu?«

Oberhauser war vor Dankbarkeit den Tränen nahe. Trotzdem bat er um irgendein Papier, das ihn als guten Bürger auswies. Smythe versprach es ihm. Seine Unterschrift würde dafür genügen.

Sie wurden schnell einig. Der Jeep wurde außer Sichtweite der Straße im Wald versteckt, dann kletteren sie durch die duftenden Tannenwälder der Vorberge empor.

Major Smythe war für die Bergtour gut gerüstet. Er trug ein leichtes Hemd unter der Buschjacke, eine dünne, aber feste Hose und ein Paar ausgezeichneter Bergschuhe mit rutschfester Gummisohle, wie sie die Fallschirmjäger benutzten. Sein einziges Gepäck war die Webley & Scott; Oberhauser war immerhin ein Feind. Deshalb wagte er auch nicht den Vorschlag, der Major sollte die Waffe irgendwo verstecken.

Oberhauser trug seinen besten Anzug und die Sonntagsstiefel, aber das schien ihn nicht zu stören. Er versicherte Major Smythe, daß sie für ihre Klettertour weder Seile noch Steigeisen brauchten, außerdem befände sich genau über ihnen eine Schutzhütte, wo sie rasten konnten — die Franziskaner-Klause.

»So, wirklich?« fragte Major Smythe.

»Ja — und gleich darunter liegt ein kleiner Gletscher. Der ist sehr hübsch, aber wir werden um ihn herumklettern. Zu viele Gletscherspalten.«

»So?« murmelte Major Smythe nachdenklich und starrte auf Oberhausers Nacken, der nun mit Schweißperlen bedeckt war. Ein verdammter Feind mehr oder weniger — was machte es schon aus? Oberhauser war kein Problem; etwas anderes bereitete Major Smythe viel mehr Sorgen: Wie sollte er das Zeug zu Tal schaffen? Er nahm sich vor, sich die Barren irgendwie auf den Rücken zu binden. Den größten Teil des Weges konnte er sie wahrscheinlich in der Munitionskiste — oder was immer es war — hinter sich bergab schleppen.

Die Kletterei war lang und ermüdend. Sie erreichten die Baumgrenze. Da trat die Sonne hinter den Wolken hervor, und es wurde sehr heiß. Im Zickzack überwanden sie den ständig steiler werdenden Geröllhang. Unter ihren Schuhen lösten sich immer wieder einzelne Steine und sprangen polternd ins Tal. Schließlich näherten sie sich dem steil in den blauen Himmel aufragenden Felsturm.

Sie hatten inzwischen Jacke und Hemd geöffnet. Der Schweiß lief ihnen aus allen Poren. Oberhauser hinkte, aber sie kamen trotzdem gut voran. An einem kleinen Bach mit klarem Bergwasser legten sie eine Pause ein und erfrischten sich. Oberhauser machte Smythe ein Kompliment wegen seiner guten Kondition. Knapp und nicht gerade wahrheitsgemäß antwortete Major Smythe, alle britischen Soldaten seien stets top-fit. Dann machten sie sich wieder auf den Weg.

Der Felshang war nicht schwierig. Das hatte Major Smythe

schon vorher gewußt — sonst wäre es nicht möglich gewesen, oben auf dem Sattel die Schutzhütte zu errichten. In den Stein waren Tritte geschlagen, und gelegentlich steckten noch Eisen in Felsspalten. Die schwierigeren Übergänge hätte er aber nicht allein gefunden. Jetzt war er froh, einen erfahrenen Bergführer mitgebracht zu haben.

Einmal löste sich unter Oberhausers tastender Hand ein Steinbrocken, den viele Jahre Frost und Schnee gelockert hatten. Er sauste hinab in die Tiefe. Da fiel Major Smythe das Problem des Lärms ein.

»Sind hier eigentlich viele Leute in der Nähe?« fragte er, während er den Steinbrocken zwischen den obersten Bäumen verschwinden sah.

»Keine Menschenseele zwischen hier und Kufstein«, antwortete Oberhauser mit einer weit ausholenden Handbewegung. »Keine Weiden. Kaum Wasser. Nur Bergsteiger kommen hier rauf. Und seit Ausbruch des Krieges . . .« Er verschluckte das Ende des Satzes.

Sie umgingen den bläulich schimmernden Gletscher und stiegen das letzte Stück zum Sattel hinauf. Major Smythe maß mit den Blicken die Breite und Tiefe der Spalten, in die er von oben hineinsah. Es mußte reichen! Genau oberhalb, etwa dreißig Meter über der Felskante, waren die verwitterten Balken der alten Schutzhütte zu erkennen. Major Smythe schätzte die Neigung des Geländes ab — es war ein fast senkrechter Absturz.

Wann?

Jetzt oder lieber später?

Er entschied sich für später, weil der letzte Quergang ihm nicht ganz klar war.

Nach genau fünf Stunden erreichten sie die Hütte. Major Smythe entschuldigte sich mit einem menschlichen Bedürfnis und spazierte langsam die Felskante entlang nach Osten. Dabei hatte er keinen Blick für das atemberaubende Panorama der österreichischen und bayerischen Bergwelt, das sich nach beiden Seiten bis in die nebelhafte Ferne erstreckte. Sorgfältig zählte er die Schritte. Nach genau hundertzwanzig Schritten stand er vor einem Steinhaufen — vielleicht dem Andenken an einen abgestürzten Bergsteiger.

So sah es auf den ersten Blick aus. Aber Major Smythe wußte

es besser. Es juckte ihn in den Fingern, die Steine gleich an Ort und Stelle auseinanderzureißen. Er widerstand diesem Impuls, zog seine Webley & Scott heraus, warf einen Blick durch den Lauf und ließ die Trommel rotieren. Dann ging er zu dem Bergführer zurück. Hier in einer Höhe von dreitausend Metern oder mehr war es kalt. Oberhauser war schon in die Hütte gegangen und legte ein Feuer an. Major Smythe hatte Mühe, sich seinen Schrecken nicht anmerken zu lassen.

»Oberhauser!« rief er gutgelaunt. »Kommen Sie heraus, und erklären Sie mir mal die Gegend! Einen herrlichen Blick hat man von hier!«

»Sicher, Herr Major.« Oberhauser verließ hinter Major Smythe die Schutzhütte. Er griff in seine Hüfttasche und zog etwas in Papier Eingewickeltes hervor. Er schlug das Papier beiseite – es war eine runzelige Hartwurst.

»Es ist nur eine ganz einfache Wurst«, sagte er schüchtern. »Wir nennen sie ›Soldat‹. Geräuchert. Hart, aber sie schmeckt gut.« Er lächelte. »So ähnliche Würste essen Sie auch immer in den Wildwest-Filmen. Wie heißen sie doch?«

»Biltong«, antwortete der Major. »Lassen Sie sie in der Hütte, wir essen sie nachher. Kommen Sie zu mir her! Kann man von hier aus Innsbruck sehen? Was sind das für Berge?«

Oberhauser verschwand hastig in der Hütte und kam sofort wieder zum Vorschein. Während er redete und hier einen Gipfel, dort einen spitzen Kirchturm erklärte, hielt sich der Major dicht hinter ihm.

Dann standen sie genau oberhalb des Gletschers. Major Smythe zog seinen Revolver und feuerte aus einer Entfernung von einem halben Meter zweimal auf Oberhausers Genick.

Die Wucht der beiden Treffer riß den Bergführer nach vorn über die Felskante. Major Smythe beugte sich vor. Oberhausers Körper schlug nur zweimal auf dem Felshang auf und krachte dann auf den Gletscher – aber nicht auf das zerklüftete obere Ende, sondern etwa in der Mitte auf eine glatte Fläche alten Firnschnee.

»Verdammt!« knurrte Major Smythe.

Die Berge gaben das Echo der beiden hallenden Schüsse mehrfach zurück, dann erstarb es. Major Smythe warf einen letzten Blick auf den dunklen Fleck, der sich deutlich von der weißen Fläche abhob. Dann rannte er den Sattel entlang.

Immer schön eins nach dem anderen!

Er ging vor dem Steinhaufen in die Hocke, packte die Steine und warf sie willkürlich nach links und rechts den Berg hinunter. Seine Hände bluteten bald, aber er merkte es kaum. Nur noch vierzig oder fünfzig Zentimeter, dann hatte er den Haufen abgetragen.

Immer noch nichts! Nicht die Bohne.

Fiebernd beugte er sich über die allerletzten Steinbrocken. Da — endlich! Die Kante einer Blechkiste. Er räumte noch ein paar Steine beiseite, dann lag die alte graue Wehrmachts-Munitionskiste vor ihm. Ein paar zerkratzte Buchstaben waren darauf noch zu erkennen.

Major Smythe stöhnte vor Freude laut auf. Er setzte sich keuchend auf einen Felsbrocken. Seine Gedanken kreisten um Bentleys, Monte Carlo, luxuriöse Wohnungen, Cartier, Champagner, Kaviar und seltsamerweise — er spielte gern Golf — auch um einen kompletten Satz Henry-Cotton-Golfschläger.

Eine volle Viertelstunde lang saß Major Smythe, trunken von Vorfreude, da und starrte die graue Blechkiste an. Dann warf er einen Blick auf die Uhr und sprang auf. Höchste Zeit, die belastenden Indizien loszuwerden!

Die Munitionskiste hatte auf jeder Seite einen Griff. Major Smythe hatte damit gerechnet, daß sie ziemlich schwer sein mußte, und ihr Gewicht in Gedanken mit dem schwersten Gegenstand verglichen, den er jemals hatte persönlich schleppen müssen — einem vierzigpfündigen Lachs, den er kurz vor dem Krieg in Schottland gefangen hatte. Doch die Kiste erwies sich mehr als doppelt so schwer. Er mußte alle Kraft zusammennehmen, um sie aus dem Loch herauszuheben und auf das kümmerliche Almengras zu stellen. Er schlang sein Taschentuch durch einen der Griffe und zerrte die Kiste ungeschickt den Bergsattel entlang bis zur Schutzhütte. Dort setzte er sich auf die Schwelle und schlug seine kräftigen Zähne in Oberhausers Hartwurst, ohne einen Blick von der Kiste zu lassen. Dabei überlegte er, wie er seine fünfzigtausend Pfund — so hoch bewertete er seine Beute — ins Tal hinunter und in ein neues Versteck schaffen sollte.

Die Wurst war hart, deftig gewürzt und voller Speckgrieben, die Smythe zwischen den Zähnen steckenblieben. Er holte die lästigen Brocken mit einem abgebrochenen Streichholz aus den Zähnen und spuckte sie in die Gegend. Dann meldete sich plötzlich sein in der Spionageabwehr geschulter Verstand. Peinlich genau suchte er sämtliche Speck- und Fleischstückchen zwischen den Steinen zusammen und schluckte sie.

Von diesem Augenblick an war er ein Verbrecher — es war ebenso, als hätte er eine Bank beraubt und den Wächter erschossen. Aus dem Hüter des Gesetzes war ein Krimineller geworden. Das durfte er keine Sekunde lang vergessen! Der kleinste Fehler konnte sein Ende bedeuten. Also mußte er unendlich vorsichtig sein — und, bei Gott, das wollte er auch. Die größte Sorgfalt lohnte sich, wenn man danach für den Rest seines Lebens reich und glücklich war.

Er verwischte auf fast lächerlich pedantische Weise jede Spur seiner Anwesenheit in der Schutzhütte. Dann zerrte er die Munitionskiste bis an die Felskante und kippte sie mit einem stummen Stoßgebet hinaus ins Leere, hinunter in den Abgrund.

Die graue Kiste überschlug sich langsam in der Luft, prallte auf dem ersten Steilhang unterhalb der senkrechten Felsen auf und segelte in weitem Bogen noch einmal fünfzig Meter tiefer hinab. Dort landete sie mit metallischem Klirren zwischen Geröll und Steinschutt. Ob sie beim Aufprall aufgeplatzt war, konnte Major Smythe nicht erkennen. Es war ihm auch gleichgültig — sollte der Berg ihm ruhig einen Teil der Arbeit abnehmen!

Nach einem letzten Rundblick ließ er sich vorsichtig über die Kante hinab. Er prüfte sorgfältig jedes Klettereisen, jeden Tritt und jeden Griff, ehe er ihm sein Gewicht anvertraute. Sein Leben war jetzt wesentlich kostbarer als beim Aufstieg.

Er erreichte den Rand des Gletschers und trottete durch den tauenden Schnee auf den dunklen Fleck zu. Die Fußspuren ließen sich nicht vermeiden. Nach ein paar Tagen würde die Sonne sie ohnehin weggeschmolzen haben. Dann stand er vor der Leiche. Im Laufe des Krieges hatte er viele Tote gesehen, und Blut und gebrochene Knochen rührten ihn nicht. Er schleppte Oberhausers sterbliche Überreste zur nächsten ausreichend tiefen Gletscherspalte und warf sie hinein. Dann umrundete er vorsichtig den Rand der Spalte und schlug mit dem Absatz auf der anderen Seite eine überhängende Schneewächte los. Der Schnee begrub die Leiche.

Zufrieden mit seiner Arbeit, kehrte Major Smythe genau in seinen alten Fußspuren zum Rand des Gletschers zurück und stieg zur Aufschlagstelle der Munitionskiste hinunter.

Der Berg hatte ihm die Arbeit abgenommen; der Deckel war aufgesprungen. Beinahe lässig riß er die Verpackung aus fester Pappe auf. Die beiden großen Metallblöcke blitzten ihm im Sonnenlicht entgegen. Er erkannte den Prägestempel der Deutschen Reichsbank, das Hakenkreuz im Kranz mit dem Adler darüber. Darunter das Jahr 1943. Major Smythe nickte zufrieden, stopfte die Verpackung wieder in die Munitionskiste und hämmerte den verbogenen Deckel mit einem Stein zurecht, bis er wieder halbwegs schloß. Dann band er das Halfter seiner Webley um einen der Griffe und stolperte den Berg hinunter, wobei er die Kiste mühsam hinter sich herzerrte.

Es war inzwischen dreizehn Uhr. Die Sonne brannte unbarmherzig auf ihn herab. Stirn, Hals und Brust röteten sich und begannen zu brennen. Zum Teufel damit! Er hielt am Abfluß des Gletschers an, tauchte sein Taschentuch ins eiskalte Wasser und band es sich um die Stirn. Dann trank er ein paar lange Züge und machte sich wieder auf den Weg. Ab und zu, wenn die Munitionskiste ihn zu überholen suchte und gegen seine Fersen schlug, fluchte er vor sich hin. Aber diese kleinen Unbequemlichkeiten waren ein Kinderspiel im Vergleich zu der Anstrengung, die ihn erwartete, wenn er erst einmal ebenes Gelände erreichte. Noch half ihm die Schwerkraft, doch dann kamen ein oder zwei Kilometer, wo er das verdammte Zeug schleppen mußte.

Aber schließlich kann man schon einige Strapazen auf sich nehmen, wenn man dafür zum Millionär wird!

Als er ebenes Gelände erreichte, setzte er sich erst einmal unter einen Baum ins Moos und ruhte sich aus. Dann breitete er sein Buschhemd aus und wuchtete die beiden Goldbarren aus der Kiste. Er legte sie mitten auf das Hemd und band die Hemdschöße fest an die Schultern. Er grub ein flaches Loch in den weichen Boden, ließ die leere Munitionskiste darin verschwinden, knotete die beiden Hemdsärmel fest zusammen, kniete nieder und schob den Kopf durch die ungefüge Schlinge. Seine Hände steckte er links und rechts in die Ärmel, um seine Gurgel zu schützen. Dann raffte er sich auf und mußte sich weit vor-

103

beugen, um nicht von dem Gewicht nach rückwärts gerissen zu werden. Keuchend und stolpernd, mit brennendem Rücken, gebückt unter der schweren Last wie ein Kuli, schlurfte er unter den Fichten und Tannen den sanft geneigten Weg hinunter.

Er konnte sich später nicht mehr erinnern, wie er es bis zum Jeep schaffte. Immer wieder gaben die Knoten an seinem Hemd unter dem Gewicht nach, und die Barren fielen ihm auf die Fersen. Dann hatte er trübsinnig dagesessen, den Kopf mutlos in beide Hände gestützt, um danach doch wieder von vorn zu beginnen. Schließlich teilte er sich seine Schritte genau ein und rastete nach jedem hundertsten. Als er den Wagen erreichte, brach er erleichtert daneben in die Knie.

Danach mußte er seinen Hort noch im Wald vergraben und ein paar auffallende Felsbrocken darüberhäufen, die er auf alle Fälle wiederfinden würde. Er säuberte sich, so gut es ging, und kehrte auf einem Umweg zur Vermeidung des Hofs der Oberhauser in sein Quartier zurück. Erledigt! Er betrank sich mit einer Flasche billigem Schnaps, aß ein paar Bissen und sank dann benommen ins Bett.

Am nächsten Morgen rückte das Sonderkommando A weiter nach Mittersill, um dort eine neue Fährte zu verfolgen. Sechs Monate später hielt sich Major Smythe wieder in London auf. Der Krieg war für ihn vorbei.

Aber seine Probleme blieben.

Gold ist nicht leicht zu schmuggeln, vor allen Dingen nicht in der Menge, über die Major Smythe verfügte. Es kam darauf an, die beiden schweren Barren über den Kanal zu schaffen und ein neues Versteck dafür ausfindig zu machen.

Er schob seine Entlassung hinaus, behielt die roten Streifen seines vorläufigen Dienstranges und vor allen Dingen seinen Geheimdienst-Paß und war schon bald wieder in Deutschland, diesmal als britischer Bevollmächtigter beim Alliierten Vernehmungszentrum in München. Dort arbeitete er pro forma sechs Monate lang. Dazwischen holte er seine Goldbarren ab und bewahrte sie in einem abgeschabten Koffer in seinem Quartier auf. Zweimal flog er zu einem Wochenendurlaub nach England, und jedesmal nahm er in einer prall gefüllten Aktenmappe einen der Barren mit. Nur mit Hilfe von zwei Benzedrin-Tabletten und einem eisernen Willen brachte er es fertig, in München und Northolt

104

die Gangway zu passieren und seine Aktenmappe so zu handhaben, als enthielte sie nur Papiere. Aber dann lagen schließlich die Goldbarren sicher im Keller seiner Tante in Kensington. Er konnte sich in aller Ruhe der nächsten Phase seines Planes widmen.

Er reichte sein Abschiedsgesuch bei den Royal Marines ein, musterte ab und heiratete eins der vielen Mädchen vom MOB-Hauptquartier, mit denen er geschlafen hatte, eine charmante Blondine namens Mary Parnell aus gutbürgerlicher Familie. Mit einem der ersten Bananendampfer segelten sie von Avonmouth nach Kingston auf Jamaika. Sie waren beide der Überzeugung, daß sie dort ein Paradies ewiger Sonne, guten Essens und billiger Getränke vorfinden würden — den Himmel auf Erden im Vergleich zum Nachkriegs-England mit Lebensmittelkarten, Einschränkungen und einer Labour-Regierung.

Vor der Abreise zeigte Major Smythe Mary die Goldbarren. Die Prägestempel der Reichsbank hatte er allerdings vorher weggefeilt.

»Liebling, ich habe es besonders schlau angestellt«, sagte er. »Da ich dem Pfund nicht mehr so recht traue, habe ich alle Wertpapiere verkauft und den Erlös in Gold angelegt. Wenn ich es richtig unterbringe, sind das mehr als zwanzigtausend Pfund. Wir müßten recht gut leben können, wenn wir nur ab und zu eine Scheibe davon abschneiden und verkaufen.«

Mary Parnell kannte sich mit den Spitzfindigkeiten der geltenden Devisengesetze nicht so genau aus. Sie kniete nieder und streichelte liebevoll das kühle Metall. Dann erhob sie sich, schlang Major Smythe die Arme um den Hals und küßte ihn.

»Du bist wirklich ein wunderbarer Mann«, sagte sie, den Tränen nahe. »Schrecklich klug und hübsch und tapfer und nun auch noch reich dazu. Ich bin das glücklichste Mädchen auf der ganzen Welt.«

»Na ja, reich sind wir zumindest«, sagte Major Smythe. »Aber du mußt mir versprechen, nie ein Wort darüber zu verlieren, sonst haben wir sämtliche Diebe Jamaikas auf dem Hals. Versprichst du mir das?«

»Hoch und heilig!«

Der *Prince Club* in den Hügeln oberhalb von Kingston war wirklich ein Paradies. Nette Leute, großartige Dienstboten, reichliches Essen und billige Getränke, dazu die üppige Szenerie der Tropen, die ihnen beiden fremd war. Sie wurden rasch beliebt. Major Smythes Verdienste während des Krieges verschafften ihm Zutritt zur besseren Gesellschaft. Danach war ihr Dasein eine endlose Kette von Partys, Tennis für Mary und Golf für Major Smythe — natürlich mit den echten Henry-Cotton-Golfschlägern! Abends spielte sie Bridge, er Poker. Ja, es war schon das Paradies auf Erden, während zu Hause in England die Leute trockene Kartoffeln mampften, sich mit dem Schwarzmarkt herumschlugen, die Regierung verfluchten und unter dem härtesten Winter seit dreißig Jahren litten.

Zunächst bestritt das Ehepaar Smythe sämtliche Ausgaben aus den gemeinsamen Ersparnissen, die durch Frontdienstzulagen ganz schön angewachsen waren. Major Smythe zog ein ganzes Jahr lang vorsichtige Erkundigungen ein, ehe er sich entschloß, mit den ehrenwerten Gebrüdern Fu, Import und Export, ins Geschäft zu kommen.

Die hochgeachteten und immens reichen Gebrüder Fu bildeten anerkanntermaßen die Regierung der blühenden chinesischen Kolonie von Kingston. Gerüchte besagten zwar, daß nach gut chinesischem Brauch ein Teil ihrer Transaktionen nicht ganz astrein war, aber die von Major Smythe mit pedantischer Beiläufigkeit eingeholten Erkundigungen besagten, sie seien absolut vertrauenswürdig.

Inzwischen war zur Kontrolle des international geltenden Goldpreises die *Bretton Woods Convention* unterschrieben worden; es sprach sich allgemein herum, daß die beiden Freihäfen Tanger und Macao aus verschiedenen Gründen dem Netz der *Bretton-Woods*-Bestimmungen entschlüpft waren. Während auf der ganzen übrigen Welt für die Unze Feingold fünfunddreißig Dollar bezahlt wurden, konnte man in Tanger oder Macao bei einigem Geschick mindestens hundert Dollar erhalten. Es traf sich gut, daß die Gebrüder Fu gerade Geschäftsverbindung mit dem aufsteigenden Hongkong aufgenommen hatten, damals schon das Sprungbrett für den Goldschmuggel ins benachbarte Macao.

Das ganze Arrangement war, wie Major Smythe zu sagen

pflegte, tipptopp. Er hatte eine äußerst angenehme Unterredung mit den Gebrüdern Fu. Sie stellten keinerlei Fragen, bis es an die Untersuchung der Goldbarren ging. Das Fehlen von Prägestempeln führte zu höflichen Erkundigungen nach dem Ursprung des Goldes.

Der ältere und noch schwerer zu durchschauende Bruder Fu lächelte Major Smythe über den breiten Mahagoni-Schreibtisch hinweg an. »Sehen Sie, Major, auf dem Goldmarkt werden die Prägestempel aller angesehenen Nationalbanken und verantwortlichen Händler anstandslos akzeptiert. Die Zeichen der jeweiligen Münze garantieren den Feinheitsgrad des Goldes. Aber natürlich gibt es auch andere Banken und Händler« — sein gütiges Lächeln wurde noch etwas breiter —, »deren Methoden, sagen wir einmal, nicht ganz so akkurat sind.«

»Sie meinen den alten Schwindel mit einem Bleiziegel und einer dünnen Schicht Gold drumherum, wie?«

Beide Gebrüder wiesen diesen Gedanken entrüstet von sich. »Aber nein! Das kommt natürlich nicht in Frage.« Das Lächeln blieb unerschütterlich mild. »Aber wenn Sie die Herkunft der beiden Barren nicht belegen können, dann haben Sie sicher nichts gegen eine Untersuchung des Feinheitsgehalts einzuwenden? Mein Bruder und ich sind auf diesem Gebiet Fachleute. Wollen Sie uns die Barren vielleicht hier lassen und nach dem Essen noch einmal hereinschauen?«

Ihm blieb nichts anderes übrig. Er mußte den Gebrüdern Fu blind vertrauen. Was sie ihm auch vorsetzten — er mußte es unbesehen schlucken.

Er ging hinüber zur Myrtle Bank, genehmigte sich zwei steife Drinks und aß dann ein Sandwich, das ihm im Hals steckenblieb. Dann begab er sich wieder in das kühle, vollklimatisierte Büro der Gebrüder Fu.

Die Szenerie war wie gehabt: die beiden lächelnden Fus, die beiden Goldbarren auf dem Tisch, die Aktentasche — nur lag jetzt vor dem älteren Fu ein Blatt Papier mit einem goldenen Parker-Fülhalter darauf.

»Wir haben das Rätsel Ihrer feinen Goldbarren gelöst, Major.« Smythe atmete erleichtert auf, als er »fein« hörte. »Sie wollen sicher wissen, woher sie wahrscheinlich stammen.«

»Natürlich«, sagte Major Smythe mit gut gespielter Spannung.

107

»Es sind deutsche Barren, Major. Gegen Kriegsende war der Goldgehalt zuweilen etwas geringer als neunundneunzig. Das kam rasch heraus, und der Preis wurde von den internationalen Händlern — hauptsächlich in der Schweiz — dementsprechend berichtigt. Sehr schlecht fürs Geschäft.« Das Lächeln blieb unverändert.

Major Smythe bewunderte die geschäftliche Beschlagenheit der beiden, aber gleichzeitig verfluchte er sie auch. Was sollte nun geschehen? War er geliefert? Würden sie ihn verraten? Oder war das Gold vielleicht kaum einen Pappenstiel wert?

»Das ist alles sehr interessant, Mr. Fu«, sagte er. »Aber traurig für mich. Wenn diese Goldbarren keine gute Ware sind, oder wie man das auf dem Goldmarkt nennen mag . . .«

Der ältere Bruder Fu machte eine wegwerfende Handbewegung. »Unwichtig, Major. Jedenfalls spielt das keine erhebliche Rolle. Wir werden das Gold zum echten Münzwert verkaufen, sagen wir, für neunundachtzig Feingold. Was der Käufer damit macht, kann uns gleichgültig sein. Wir bleiben jedenfalls ehrlich.«

»Aber es bringt einen geringeren Preis.«

»Leider ja, Major. Aber dafür habe ich, wie ich glaube, auch eine gute Nachricht für Sie. Wie hoch schätzen Sie den Realwert der beiden Goldbarren ein?«

»Ich hatte mit ungefähr zwanzigtausend Pfund gerechnet.«

Der ältere Bruder Fu ließ ein trockenes Kichern hören. »Major, wenn wir das Gold behutsam und geschickt auf den Markt bringen, werden wir dafür über hunderttausend Dollar erzielen. Davon geht natürlich noch unsere Provision ab, die Transportkosten und alle anderen Spesen einschließt.«

»Wie hoch?«

»Wir dachten an etwa zehn Prozent, Major — falls es Ihnen recht ist.«

Major Smythe hatte einmal davon gehört, daß Goldhändler den Bruchteil eines Prozents bekamen. Aber zum Teufel damit! Seit dem Essen hatte er praktisch schon zehntausend Pfund verdient. »Abgemacht!« sagte er, stand auf und reichte den beiden seine Hand über den Schreibtisch.

Von da an besuchte er vierteljährlich mit einer leeren Aktentasche das Büro der Gebrüder Fu. Auf dem großen Schreibtisch, neben den beiden blitzenden, laufend abnehmenden Goldbarren lagen dann, fein säuberlich gebündelt, fünfhundert neue Jamaika-Pfund, dazu ein maschinegeschriebener Zettel, der die verkaufte Goldmenge und den dafür in Macao erzielten Preis auswies.

Das alles lief in einer sehr freundschaftlichen und korrekten Atmosphäre ab. Major Smythe fühlte sich bei der Zahlung einer zehnprozentigen Provision nicht übervorteilt. Auf jeden Fall war es ihm gleichgültig. Zweitausend Pfund netto im Jahr reichten ihm völlig. Seine einzige Sorge war, daß die Steuerfahndung ihm unbequeme Fragen stellen könnte, wovon er eigentlich lebte. Diese Möglichkeit erwähnte er einmal gegenüber den Gebrüdern Fu. Sie sagten ihm, er solle sich darum keine Sorgen machen. Bei den zwei nächsten Quartalszahlungen enthielt das Banknotenbündel jeweils nur vierhundert statt fünfhundert Pfund. Major Smythe verlor kein Wort darüber, und das Thema wurde nie wieder erwähnt. Es war eben an der richtigen Stelle »geschmiert« worden.

So vergingen die Tage voller Sonnenschein und trägem Wohlleben und reihten sich zu Jahren. Mr. und Mrs. Smythe wurden dicker, und der Major überstand den ersten seiner beiden Herzanfälle. Sein Arzt befal ihm, Alkoholgenuß und Zigarettenkonsum einzuschränken und sich nicht anzustrengen — was er auch bisher nicht getan hatte. Außerdem mußte er Fett und alles Gebratene meiden.

In der ersten Zeit probierte es Mary Smythe mit Strenge. Als er dann heimlich trank und seine Zuflucht zu kleinen, kindischen Lügen nahm, hielt sie sich bei ihren Versuchen, ihn an der Selbstzerstörung zu hindern, etwas zurück. Aber es war schon zu spät. Für Major Smythe war sie bereits zum Sinnbild des Gefängniswärters geworden. Er ging ihr aus dem Wege. Sie machte ihm Vorhaltungen, er liebe sie nicht mehr. Als sie das Gezänk, das sich daraus entwickelte, nicht länger ertragen konnte, nahm sie immer häufiger Zuflucht zu Schlaftabletten.

Dann, nach einer furchtbaren Auseinandersetzung, bei der er betrunken war, schluckte sie eine Überdosis, weil sie »es ihm zeigen« wollte.

Die Dosis war tödlich.

Der Selbstmord wurde vertuscht, aber Major Smythes gesellschaftliche Stellung litt doch sehr darunter. So zog er sich an die North Shore zurück. Von dort bis zur Hauptstadt Kingsley waren es zwar nur fünf Kilometer Luftlinie, aber er lebte hier trotzdem in einer ganz anderen Welt. Er wurde auf seinem Besitz *Wavelets* seßhaft. Nach dem zweiten Herzanfall ging er dazu über, sich langsam, aber sicher zu Tode zu saufen.

Wahrscheinlich wäre es ihm auch gelungen, wenn nicht dieser James Bond aufgetaucht wäre und seinem Schicksal eine andere Wendung gegeben hätte.

James Bond hatte Major Smythe mit keinem Wort unterbrochen. »Ja — so habe ich mir das auch ungefähr vorgestellt«, sagte er gleichmütig, als der Major seinen Bericht beendet hatte. »Soll ich Ihnen ein schriftliches Geständnis aufsetzen?«

»Wenn Sie wollen. Ich brauche es nicht. Um die Vorbereitung der Gerichtsverhandlung wird sich Ihre alte Einheit kümmern. Mit der rechtlichen Seite habe ich nichts zu tun. Ich liefere nur meinen Bericht ab, der geht dann an die Royal Marines weiter. Dann bekommt ihn wahrscheinlich auf dem Wege über Scotland Yard der öffentliche Ankläger.«

»Darf ich etwas fragen?«

»Natürlich.«

»Wie sind sie daraufgekommen?«

»Es war nur ein kleiner Gletscher. Oberhausers Leiche ist zu Beginn dieses Jahres am unteren Ende zum Vorschein gekommen, als das Tauwetter einsetzte. Bergsteiger haben ihn gefunden. Seine Papiere und alles andere waren unversehrt. Die Angehörigen konnten ihn einwandfrei identifizieren. Von da an brauchte ich nur die Spur rückwärts zu verfolgen. Die beiden Kugeln haben dann alles besiegelt.«

»Aber was haben Sie denn mit der ganzen Sache zu tun?«

»Das MOB gehörte damals zu meinem — äh — Amt. So sind Oberhausers Papiere zu uns gelangt. Ich habe zufällig die Akte gesehen. Da ich gerade nichts anderes zu tun hatte, bat ich um den Auftrag, den Mörder jagen zu dürfen.«

»Warum?«

James Bond blickte Major Smythe gerade in die Augen. »Oberhauser war zufällig ein Freund von mir. Als ich ein Junge war, hat er mir das Skifahren beigebracht. Ein großartiger Mensch. Er war wie ein Vater zu mir, und genau das brauchte ich damals.«

Major Smythe wandte den Blick ab. »So ist das. Tut mir leid.«
James Bond stand auf. »Ich muß wieder zurück nach Kingston.«
Major Smythe wollte sich erheben, aber Bond machte eine abwehrende Handbewegung. »Bemühen Sie sich nicht, ich finde schon zu meinem Wagen.«
Dann blieb er vor Major Smythe stehen, blickte auf ihn herab und sagte ein wenig rauh — Smythe glaubte, er wollte seine Verlegenheit kaschieren: »Es wird wohl eine Woche dauern, bevor Sie jemand abholt.«
Er wandte sich ab und ging durch das Haus zu seinem Wagen. Major Smythe hörte den Anlasser surren, dann knirschte der Kies auf dem ungepflegten Fahrweg.

Major Smythe schwamm langsam das Korallenriff entlang und hielt nach seiner Beute Ausschau. Dabei dachte er über Bonds Abschiedsworte nach.
Aus einem Loch im Riff beobachtete ihn aufmerksam das große Auge in dem verwittert aussehenden braunen Sack. Die Spitze eines Tentakels tastete sich behutsam vor, die rosa Saugnäpfe nach oben gerichtet.
»Schön ruhig, mein Freund«, sagte Major Smythe zu dem Octopus. »Wenn du Glück hast, kriegst du heute noch einen richtigen Leckerbissen.«
Er hatte das laut gesagt. Das Glas seiner Pirelli-Tauchermaske beschlug. Er setzte die Füße mit den Schwimmflossen neben dem kuriosen Negerkopf in den Sand und richtete sich auf. Das Wasser reichte ihm bis unter die Achseln. Er nahm die Maske ab, spuckte auf die Innenseite des Glases, spülte es sauber ab und zog sich die Atemmaske wieder über den Kopf.
Schade — er hätte zu gern mit dem Octopus Freundschaft geschlossen. Noch ein Monat vielleicht ... aber soviel Zeit blieb ihm nicht mehr. Sollte er es riskieren, ihm die Hand zu reichen statt des üblichen Brockens Fleisch auf dem dreizackigen Spieß? Ihm sozusagen die Hand schütteln? Nein, Octopussy, lieber nicht! Der Fangarm würde ihn sicher nach unten ziehen. Ein halber Meter reichte schon, dann schloß sich automatisch das Korkventil der Tauchermaske, und er mußte elend ersticken. Riß er sich die Maske vom Gesicht, dann ertrank er. Mit dem Speer war gegen den Octopus auch nicht viel auszurichten.

Nein — später vielleicht. Im Augenblick war ihm nicht nach Russischem Roulett.

Außerdem hatte er Professor Bengry etwas versprochen. Er schwamm weiter.

Wie hatte James Bond seine letzten Worte gemeint? War das der übliche, gemeine Trick, einen für schuldig befundenen Offizier mit seinem Revolver allein zu lassen? Wenn Bond gewollt hätte, so hätte er doch nur die Regierung in Kingston anrufen müssen. Die hätten einen Offizier des Jamaika-Regiments herausgeschickt, um Major Smythe festzunehmen.

Eigentlich war das in gewisser Weise sehr nett von James Bond — oder nicht? Ging es ihm darum, daß ein Selbstmord die ganze Geschichte einfacher bereinigen, viel Papierkrieg und eine Menge Steuergelder sparen würde? Sollte er mitspielen und die Sache auf »ordentliche« Art und Weise erledigen?

Oder sollte er lieber alles auf sich nehmen — die entwürdigenden Formalitäten, die Schlagzeilen und die graue Langeweile einer lebenslänglichen Gefängnisstrafe bis zum unweigerlichen dritten Herzinfarkt?

Oder sollte er um seine Freiheit kämpfen? Sich auf die Kriegszeiten berufen, einen Kampf mit Oberhauser erfinden, einen Fluchtversuch, bei dem er ihn erschossen hatte? Sollte er behaupten, Oberhauser hätte von dem Goldschatz gewußt und er, der arme kleine Offizier, hätte der plötzlichen Versuchung eines so unerwarteten Reichtums nicht widerstehen können? Sollte er an die Gnade der Richter appellieren?

Plötzlich sah sich Major Smythe vor den Schranken des Gerichts stehen, eine stolze, aufrechte Figur in der blau-roten Galauniform mit allen Auszeichnungen und Medaillen, dem traditionellen Aufzug für Gerichtsverhandlungen. Oder waren schon die Motten in der Uniform? War sie in dem feuchten Klima vielleicht verschimmelt? Luna mußte sie heraussuchen und auslüften lassen, dann gut ausbürsten und aufbügeln. Mit Hilfe seines Korsetts paßte er sicher noch in die dreißig Jahre alte Paradehose.

Die Verhandlung fand vermutlich in Chatham statt. In Anbetracht seines Ranges war sein Verteidiger sicherlich mindestens Oberst, ein netter, aufrechter Bursche, der eine Menge erreichen konnte. Blieb immer noch die Möglichkeit einer Berufung. Vielleicht wurde sogar ein berühmter Fall daraus, etwas für die Illustrierten auf der ganzen Welt. Dann würde er ein Buch darüber schreiben ...

Major Smythe wurde von Erregung gepackt.

Langsam, alter Junge! sagte er sich warnend. Immer langsam mit den wilden Pferden!

Jetzt brauchte er zunächst einmal einen Skorpionfisch für seinen Freund, den Octopus. Die anderen Probleme konnte er nach ein paar Drinks, einem frugalen Mittagessen und der ausgedehnten faulen Siesta noch einmal gründlicher überdenken. Zum Cocktail mußte er zu den Arundels, und zum Dinner hatten ihn die Marchesis in den *Shaw Park Beach Club* eingeladen. Danach wieder ein hohes Pokerspiel und der übliche Secconal-Schlaf.

Der Gedanke an die liebgewordenen Gewohnheiten ließen Bonds Bild etwas in den Hintergrund treten.

He, Skorpion, wo steckst du? Octopussy wartet auf sein Mittagessen! Major Smythe konzentrierte sich wieder ganz auf die Suche und schwamm langsam das Riff entlang, das Gesicht mit der Atemmaske unter Wasser. Ein seichtes Tal zwischen den Korallenbänken erstreckte sich hinaus bis an die weiß schäumende Brandung vor dem Riff.

Einmal lenkte ihn ein Hummer ab, ein dicker Brocken von mindestens drei oder vier Pfund. Unter normalen Umständen hätte Major Smythe ihn sich nie entgehen lassen, aber heute war er auf andere Beute aus.

Zehn Minuten später erblickte er auf dem sandigen Grund ein algenbewachsenes Korallenstück, das kein Korallenstück war. Seine Füße berührten vorsichtig den Grund. Sofort bemerkte er, wie sich die Giftstachel aufrichteten. Es war ein prächtiger Bursche, mindestens dreiviertel Pfund schwer. Major Smythe hob seinen dreizackigen Speer und tastete sich millimeterweise heran. Die zornigen, rötlichen Augen des Fisches waren jetzt weit geöffnet. Sie beobachteten ihn heimtückisch. Major Smythe wußte, daß er den Skorpionfisch mit einem einzigen, genau senkrecht geführten Stoß erlegen mußte, weil sonst die scharfen Spitzen des Speers von dem hornigen Schädel abglitten. Er ging wieder in Schwimmlage und paddelte behutsam näher heran. Seine freie Hand benutzte er zum Steuern.

Jetzt!

Er machte einen Satz nach vorn und stieß zu. Aber der Skorpionfisch hatte die winzige Druckwelle gespürt, die dem Speer vorauseilte. Sand wurde aufgewirbelt, und der Skorpionfisch schoß beinahe wie ein aufsteigender Vogel hoch und unter Major Smythes Bauch hinweg.

Fluchend warf sich Major Smythe in dem seichten Wasser herum. Richtig — der Fisch hatte genau das getan, was seine Artgenossen in ähnlichen Situationen immer tun! Er hatte sich zwischen algenüberzogenen Korallenfelsen versteckt und verließ sich ganz auf seine vorzügliche Tarnfarbe. Major Smythe brauchte nur ein paar Meter zu schwimmen und noch einmal kräftig zuzustoßen, diesmal genauer. Da — der Skorpionfisch zappelte an den drei Zinken seines Speers.

Major Smythe keuchte vor Anstrengung und Aufregung. Plötzlich machten sich wieder die alten Schmerzen in der Brust bemerkbar. Er stellte sich auf, preßte den Speer fest durch den Fischkörper und hielt das häßliche, verzweifelt zuckende Tier in die Luft. Langsam watete er durch das seichte Wasser der Lagune zu seinem Strand zurück und setzte sich auf die Holzbank unter dem Weinstock. Den Speer mit seiner immer noch zuckenden Beute ließ er achtlos in den Sand fallen.

Etwa fünf Minuten später spürte Major Smythe, wie die Haut in der Gegend des Solarplexus auf ganz seltsame Weise gefühllos wurde. Er blickte an sich herab — da wurden seine Muskeln vor Entsetzen und Fassungslosigkeit stocksteif.

Ein kreisrundes Stück Haut, nicht größer als ein Golfball, wurde unter der Sonnenbräune weiß. Mitten in der weißen Fläche zeigten sich untereinander drei feine Nadeleinstiche. Aus jedem Einstich quoll ein winziges Bluttröpfchen.

Mit einer automatischen Handbewegung wischte Major Smythe das Blut weg. Die Einstiche waren kaum zu sehen. Aber dann fiel Major Smythe ein, wie der Skorpionfisch beim ersten Zustoßen mit dem Speer hochgesaust war.

Ganz ohne feindselige Gefühle, beinahe mit einem Unterton von Hochachtung, sagte Major Smythe: »Du hast mich erwischt, du Schweinehund! Bei Gott — du hast mich erwischt!«

Er blieb regungslos sitzen und blickte an sich herab. Dann fiel ihm ein, was er über Stiche von Skorpionfischen gelesen hatte.

Behutsam betastete er die Einstiche und die weiße Fläche rings-
um. Völlig taub und gefühllos! Darunter setzte schon ein leiser,
pulsierender Schmerz ein. Bald würden die Schmerzen zuneh-
men, sich über den ganzen Körper ausbreiten und ihn so mar-
tern, daß er sich in den Sand werfen und hilflos um sich schla-
gen würde. Im nächsten Stadium kam das Erbrechen, der
Schaum vor dem Mund, das Delirium, die Krämpfe und schließlich die letzte Bewußtlosigkeit.
Die unausbleibliche Folge war der Herztod.
Nach allem, was er gelesen hatte, mußte sich das grausige Geschehen innerhalb einer Viertelstunde vollziehen — mehr Zeit
blieb ihm nicht!
Natürlich konnte man etwas dagegen tun. Es gab Prokaine,
Antibiotika und Antihistamine — falls sein geschwächtes Herz
sie aushielt. Aber selbst wenn es ihm gelang, sich noch bis ins
Haus zu schleppen, selbst wenn er Dr. Greaves erreichte, und
wenn der die modernen Medikamente sofort zur Hand hatte
— der Arzt konnte frühestens in einer Stunde hier draußen sein.
Die erste Schmerzwelle durchzuckte Major Smythe. Er krümmte
sich stöhnend zusammen. Eine zweite und dritte Woge der Pein
raste durch seinen Magen, seine Glieder. Auf der Zunge hatte
er einen trockenen, metallischen Geschmack. Seine Lippen juck-
ten. Er ächzte und stürzte von der Bank in den Sand. Neben
ihm zappelte etwas. Da fiel ihm der Skorpionfisch wieder ein.
Seine Schmerzen ließen vorübergehend nach. Sein ganzer Körper brannte in einem wütenden Feuer, aber der Verstand funktionierte wieder glasklar.
Das Experiment — natürlich!
Octopussy mußte doch sein Mittagessen bekommen.
»Octopussy, das ist die letzte Mahlzeit, die du von mir kriegst!«
murmelte Major Smythe vor sich hin.
Auf allen vieren kroch er zu seiner Atemmaske und zog sie
mühsam über den Kopf. Dann packte er den Speer mit dem
immer noch zuckenden Fisch, preßte die freie Hand gegen den
Magen und erreichte kriechend und rutschend das Wasser.
Bis zum Versteck des Octopus zwischen den Korallen waren es
etwa fünfzig Meter. Major Smythe schrie laut in seine Atemmaske, und den größten Teil der Strecke legte er auf den Knien
rutschend zurück. Aber er schaffte es. Kurz vor seinem Ziel

wurde das Wasser tiefer. Er mußte sich aufrichten. Vor Schmerzen zuckten seine Glieder, als würden sie wie bei einer Marionette einzeln von dünnen Drähten dirigiert.

Dann war er am Ziel. Mit äußerster Willensanstrengung beugte sich Major Smythe vor und ließ etwas Wasser in seine Atemmaske, um die Scheibe klar zu spülen. Aus seiner zerbissenen Oberlippe tröpfelte Blut. Vorsichtig beugte er sich vor und spähte unter das Versteck des Octopus.

Die braune Masse war immer noch vorhanden. Sie zuckte erregt. Warum bloß? Major Smythe sah die feinen Blutschwaden, die sich sachte zu Boden senkten. Natürlich! Der liebe Kleine schmeckte sein Blut.

Ein neuer Schmerzanfall riß Major Smythe fast von den Beinen. Er brabbelte sinnlose Wortfetzen in seine Atemmaske. Reiß dich zusammen, Dexter, alter Junge! Octopussy muß sein Essen bekommen!

Er packte den Speer weiter vorn und senkte den kaum noch zuckenden Skorpionfisch langsam in das Loch, unter dem der Octopus lauerte.

Würde er nach dem Köder schnappen? Nach dem giftigen Köder, der Major Smythe umbrachte, gegen den ein Octopus aber möglicherweise immun war? Wenn nur der alte Bengry jetzt hier wäre und alles beobachten könnte! Drei aufgeregt zuckende Tentakeln glitten aus dem Loch und umtanzten den Skorpionfisch. Vor den Augen des Majors wallten graue Nebel — die beginnende Bewußtlosigkeit! Er schüttelte den Kopf, um wieder klar denken zu können.

Dann zuckten die Tentakel vor! Aber sie packten nicht den Fisch, sondern Major Smythes Hand und Arm. Smythes zerbissene Lippen glätteten sich zu einem zufriedenen Lächeln. Nun hatte er seinem Octopussy doch die Hand geschüttelt! Aufregend war das. Und großartig — wirklich wunderbar.

Dann zog ihn der Octopus langsam und unbarmherzig nach unten. Major Smythe dämmerte die schreckliche Erkenntnis. Er sammelte noch einmal alle schwindenden Kraftreserven und stieß mit dem Speer zu. Aber er drückte nur den Skorpionfisch in die weiche Masse des Octopus hinein und gab seinen Oberarm dem Zugriff der Fangarme preis. Die Tentakel ließen ihn nicht mehr los.

Zu spät riß sich Major Smythe die Atemmaske vom Gesicht. Ein gequälter Schrei hallte noch über die menschenleere Lagune, dann versank sein Kopf. Blasen stiegen an die Wasseroberfläche empor, Major Smythes Beine tauchten auf und bewegten sich sanft in der leichten Dünung, während der Octopus die rechte Hand in den gähnenden Schlund zog und mit seinen schnabelgleichen Zähnen einen ersten, zögernden Biß in den Zeigefinger riskierte.

Zwei junge Fischer aus Jamaika fanden die Leiche. Sie speerten den Octopus mit der Harpune des Majors und töteten ihn auf die traditionelle Art und Weise, indem sie ihn umkrempelten und ihm den Kopf abbissen. Dann schafften sie die drei Leichen an Land.

Major Smythe wurde der Polizei übergeben, der Octopus und der Skorpionfisch wanderten in den Kochtopf.

Der Lokalreporter des *Daily Gleaner* berichtete, Major Smythe sei von einem Octopus getötet worden, aber die Redaktion machte daraus einen »Unfall durch Ertrinken« und setzte die Meldung auf die letzte Seite, um die Touristen nicht zu vergrämen.

Auch James Bond schrieb später in London auf die letzte Seite seiner umfangreichen Akte »Tod durch Ertrinken«, das Datum und das Wort »Abgeschlossen«, obgleich er persönlich auf Selbstmord tippte.

Nur Dr. Greaves, der die Autopsie vornahm, rekonstruierte den wahren Ablauf der Tragödie — sonst wäre das Ende dieses einst so wertvollen Geheimdienstoffiziers für alle Zeiten dunkel geblieben.

Inhaltsverzeichnis

Der Hauch des Todes 5

Tod im Rückspiegel 31

Globus – meistbietend zu versteigern 61

Octopussy 87

Octopussy

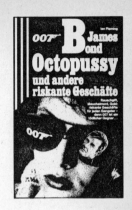

Originalfilmtitel:	Octopussy
Deutscher Filmtitel:	James-Bond-007 – Octopussy
Hauptdarsteller:	Roger Moore
Bonds Gegenspieler:	Louis Jourdan (Prinz Kamal Khan)
weibliche Hauptrolle:	Maud Adams (Octopussy)
Produzent:	Albert R. Broccoli
Regisseur:	John Glen
Drehbuch:	Richard Maibaum Michael G. Wilson
Kamera:	Alan Hume
Musik:	John Barry
Deutsche Filmpremiere:	5. 8. 1983
Story:	»Octopussy« (Der stumme Zeuge) »The Property of a Lady« (Globus meistbietend zu versteigern)

Im Angesicht des Todes

Originalfilmtitel:	A View to Kill
Deutscher Filmtitel:	Im Angesicht des Todes
Hauptdarsteller:	Roger Moore
Bonds Gegenspieler:	Christopher Walken (Max Zorin)
weibliche Hauptrolle:	Grace Jones (May Day)
Produzent:	Albert R. Broccoli Michael G. Wilson
Regisseur:	John Glen
Drehbuch:	Richard Maibaum Michael G. Wilson
Kamera:	Alan Hume
Musik:	John Barry
Deutsche Filmpremiere:	9. 8. 1985
Story:	From an View to Kill (Tod im Rückspiegel)

Der Hauch des Todes

Originalfilmtitel:	The Living Daylights
Deutscher Filmtitel:	Der Hauch des Todes
Hauptdarsteller:	Timothy Dalton
Bonds Gegenspieler	Joe Don Baker (Whitaker)
weibliche Hauptrolle:	Maryam d'Abo (Kara)
Produzent:	Albert R. Broccoli Michael G. Wilson
Regisseur:	John Glen
Drehbuch:	Richard Maibaum Michael G. Wilson
Kamera:	Alec Mills
Musik:	John Barry
Deutsche Filmpremiere:	13. 8. 1987
Story:	The Living Daylights (Der Hauch des Todes)

Die James-Bond-Filme mit Sean Connery:

James Bond jagt Dr. No   1962
Liebesgrüße aus Moskau   1963
Goldfinger   1964
Feuerball   1965
Man lebt nur zweimal   1966
Diamantenfieber   1971
Sag niemals nie   1984

James-Bond-Filme mit Roger Moore

Leben und sterben lassen   1973
Der Mann mit dem goldenen Colt   1974
Der Spion, der mich liebte   1976
Moonraker – streng geheim   1978
James Bond 007 – In tödlicher Mission   1980
James Bond 007 – Octopussy   1982
Im Angesicht des Todes   1984

Deutschsprachige Schauspieler
in 007 James-Bond-Filmen

Ursula Andress	James Bond jagt Dr. No
Lotte Lenya	Liebesgrüße aus Moskau
Gert Fröbe	Goldfinger
Karin Dor	Man lebt nur zweimal
Curd Jürgens	Der Spion, der mich liebte
Klaus-Maria Brandauer	Sag niemals nie

Agatha Christie

Agatha Mary Clarissa Miller, geboren am 15. September 1890 in Torquay, Devonshire, sollte nach dem Wunsch der Mutter Sängerin werden. 1914 heiratete sie Colonel Archibald Christie und arbeitete während des Krieges als Schwester in einem Lazarett. Hier entstand ihr erster Kriminalroman *Das fehlende Glied in der Kette*. Eine beträchtliche Menge Arsen war aus dem Giftschrank verschwunden – und die junge Agatha spann den Fall aus. Sie fand das unverwechselbare Christie-Krimi-Ambiente.
Gleich in ihrem ersten Werk taucht auch der belgische Detektiv mit den berühmten »kleinen grauen Zellen« auf: Hercule Poirot, der ebenso unsterblich werden sollte wie sein weibliches Pendant, die reizend altjüngferliche, jedoch scharf kombinierende Miss Marple (*Mord im Pfarrhaus*).
Im Lauf ihres Lebens schrieb die »Queen of Crime« 67 Kriminalromane, unzählige Kurzgeschichten, 7 Theaterstücke (darunter *Die Mausefalle*) und ihre Autobiographie.
1956 wurde Agatha Christie mit dem »Order of the British Empire« ausgezeichnet und damit zur »Dame Agatha«. Sie starb am 12. Januar 1976 in Wallingford bei Oxford.

Von Agatha Christie sind erschienen:

Das Agatha Christie Lesebuch
Alter schützt vor Scharfsinn nicht
Auch Pünktlichkeit kann töten
Auf doppelter Spur
Der ballspielende Hund
Bertrams Hotel
Der blaue Express
Blausäure

Das Böse unter der Sonne
   oder Rätsel um Arlena
Die Büchse der Pandora
Der Dienstagabend-Club
Ein diplomatischer Zwischenfall
Elefanten vergessen nicht
Die ersten Arbeiten des Herkules
Das Eulenhaus

Das fahle Pferd
Fata Morgana
Das fehlende Glied in der Kette
Feuerprobe der Unschuld
Ein gefährlicher Gegner
Das Geheimnis der Goldmine
Das Geheimnis der
 Schnallenschuhe
Die großen Vier
Hercule Poirot's größte Trümpfe
Hercule Poirot schläft nie
Hercule Poirot's Weihnachten
Karibische Affaire
Die Katze im Taubenschlag
Die Kleptomanin
Das krumme Haus
Kurz vor Mitternacht
Lauter reizende alte Damen
Der letzte Joker
Die letzten Arbeiten des
 Herkules
Der Mann im braunen Anzug
Die Mausefalle und andere Fallen
Die Memoiren des Grafen
Mit offenen Karten
Mörderblumen
Mördergarn
Die Mörder-Maschen
Mord im Spiegel oder
 Dummheit ist gefährlich

Mord in Mesopotamien
Mord nach Maß
Ein Mord wird angekündigt
Die Morde des Herrn ABC
Morphium
Poirot rechnet ab
Rächende Geister
Rotkäppchen und der böse Wolf
Ruhe unsanft
Die Schattenhand
Das Schicksal in Person
Schneewittchen-Party
Der seltsame Mr. Quin
Sie kamen nach Bagdad
Das Sterben in Wychwood
Der Tod auf dem Nil
Der Tod wartet
Der Todeswirbel
Die Tote in der Bibliothek
Der Unfall und andere Fälle
Der unheimliche Weg
Das unvollendete Bildnis
Die vergeßliche Mörderin
Vier Frauen und ein Mord
Vorhang
Der Wachsblumenstrauß
Wiedersehen mit Mrs. Oliver
Zehn kleine Negerlein
Zeugin der Anklage
16 Uhr 50 ab Paddington

Die Meister-Krimis in der ersten werkgetreuen Neuübersetzung.

- Die blaue Hand
- Der grüne Bogenschütze
- Die vier Gerechten
- Der Frosch mit der Maske
- Die Tür mit den 7 Schlössern
- Das Gasthaus an der Themse
- Der schwarze Abt
- Der rote Kreis
- Der Doppelgänger
- Die gebogene Kerze
- Der Hexer
- Der Rächer
- Die seltsame Gräfin
- Das Verrätertor
- Der Zinker

Scherz   **Krimi**   **Klassiker**

Für alle, deren Gänsehaut noch funktioniert

Ein literarischer Spuk für Unerschröckliche, die der Geisterstunde allnächtlich entgegenfiebern.

Literarische Alpträume für alle, denen nicht so schnell das Blut in den Adern gerinnt.

Literarische Leckerbisse(n) für unerschrockene Liebhaber transsylvanischer Gruselkabinettstückchen und vollblütige Dracula-Süchtige.

Jeder Band Leinen 9.90